QUASE NOME

QUASE NOME

CONTOS DO ATELIÊ DE NARRATIVAS
SOCORRO ACIOLI

Copyright © 2019 de Autores
Todos os direitos desta edição reservados à Editora Labrador.

Coordenação editorial
Diana Szylit

Projeto gráfico, diagramação e capa
Felipe Rosa

Revisão
Bonie Santos
Gabriela Castro

Imagens da capa
Certidão de nascimento Dr. Romildo Borges Mendes (alterada) - Yury Mendes
Hungarian passport - pixabay.com
Old handwriting letter - pixabay.com
Old german handwriting letter - pixabay.com
Eiffel Tower 1887 - pixabay.com

Dados Internacionais de Catalogação na Publicação (CIP)
Andreia de Almeida CRB-8/7889

Quase nome / organizado por Cançado Thomé. — São Paulo : Labrador, 2019.
144 p.

ISBN 978-85-87740-58-8

1. Contos brasileiros I. Título

18-2273   DD B869.3

Índices para catálogo sistemático:
1. Contos brasileiros

Editora Labrador
Diretor editorial: Daniel Pinsky
Rua Dr. José Elias, 520 - Alto da Lapa
05083-030 - São Paulo - SP
+55 (11) 3641-7446
contato@editoralabrador.com.br
www.editoralabrador.com.br

A reprodução de qualquer parte desta obra é ilegal e configura uma apropriação indevida dos direitos intelectuais e patrimoniais dos autores.

A editora não é responsável pelo conteúdo deste livro. Os autores conhecem os fatos narrados, pelos quais são responsáveis, assim como se responsabilizam pelos juízos emitidos.

SUMÁRIO

PREFÁCIO 7

CARLOTO
Ana May Brasil 9

A FALSA APARÊNCIA DAS COISAS
Ana Raquel Montenegro 13

O QUE RESTOU DE MIM
Angela Vasconcelos 18

FORASTEIRA
Barbie Furtado 22

FIDÍPIDES
Cançado Thomé 28

EPIFANIA
Cíntia Sá Macedo 35

PERFÍDIA
Clarisse Ilgenfritz 41

NOME DE POBRE
Cupertino Freitas 46

POR ÁGUA ABAIXO
Dauana Vale 51

"COM AMOR, MÁRCIA"
Fátima Gondim 54

AMIGO OCULTO
Francisca Lemos 64

O NOME DA BONECA
Helena Coelho 72

NITEZA
Helena Selma Azevedo 77

ONZE CADEADOS
Ivna Girão 82

LAÇADA
Ivone Marques 88

MEU NOME É JOÃO...
John Unneberg 92

QUANDO ESQUEÇO O TEU NOME
Nagibe Melo 97

DE FILHO PARA PAI
Nazaré Fraga 106

QUASE MORTE
Ronaldo Queiroz 112

ESMERALDA
Socorro M. Magalhães 117

A MEMÓRIA DO NOME
Stênio Gardel 122

A LOUCA SEM NOME
Tânia Maria Sales 126

MEU NOME NÃO É CEMITÉRIO
Tibico Brasil 136

PREFÁCIO

Quase Enigma

Talvez a maior contribuição da Literatura à misteriosa e complexa aventura humana seja a consciência de que nada é completo. Viver é sempre um *quase*.

Somos *quase* o que gostaríamos de ser, *quase* o que esperam de nós. *Quase* felizes, *quase* corajosos, e as certezas — sobretudo elas — estão sempre pairando pela metade.

Por isso mesmo precisamos da Literatura. E por ela tenho levado a missão de organizar cursos de escrita. O principal objetivo é provocar nos alunos a vontade de escrever sobre temas que instigam um olhar atento para o óbvio: é nele que estão escondidas as chaves para compreender o que somos.

Desta vez foi o nome próprio. Escolhi o tema porque é algo que ronda a minha história, desde sempre. Ter um nome forte como Socorro não passa despercebido na vida de uma criança e na formação de uma mulher. Quando sugeri o tema ao grupo e contei da minha experiência — ser uma pessoa e uma interjeição ao mesmo tempo —, imediatamente todos olharam para suas próprias identidades. E a catarse começou.

Alguns escreveram sobre isso, a vida levada por um nome. Outros foram além, calçaram os sapatos de personagens com trajetórias muito distintas das suas. Esquecer o nome de alguém, lembrar para sempre, temer o nome, ser vítima de seu fado, obedecer à ordem imposta, ceder, fugir, amar: todas as reações possíveis ao carimbo da nossa sina.

Com muito orgulho, apresento mais um fruto do Ateliê de Narrativas Socorro Acioli. Um livro coletivo, múltiplas vozes e estilos de texto, pessoas talentosas reunidas em torno de uma única pergunta: o que o seu nome diz sobre você? Quase enigma.

Socorro Acioli
Jornalista. Escritora. Doutora em Estudos de Literatura pela Universidade Federal Fluminense – UFF/RJ. Coordenadora da Especialização em Escrita Literária do Centro Universitário Farias Brito. Professora da Universidade Federal do Ceará.

CARLOTO
Ana May Brasil

— Eu te batizo, em nome do Pai, do Filho e do Espírito Santo, com o nome de Carloto Badu da Rola!

Mal essas palavras foram ditas e a choradeira começou entre os presentes. Claro que foi da mãe que se ouviu o primeiro grito, mas suas amigas, todas convidadas para a celebração do batizado, logo a imitaram. E, juntas, correram em direção ao padre, que se escafedeu rápido como um gato fujão.

Era um absurdo ter trocado o nome da criança! A mãe não se conformava e se perguntava: "agora meu filho vai ficar com esse nome horrível para sempre?" Foi um Deus nos acuda, e a explicação de tudo que aconteceu antes e depois merece ser contada.

Há algumas décadas, na cidade de Fortaleza, os vizinhos se faziam amigos; seus filhos brincavam e inventavam travessuras juntos; os meninos copiavam os caubóis americanos e disputavam vários tipos de jogos; as meninas se fingiam de professoras e tinham bonecos que consideravam verdadeiros filhos. É quando se passa esse caso.

Três meninas, que estudavam na mesma escola e moravam em casas vizinhas, ganharam de Natal, graças a uma superoferta de inauguração de uma grande loja, bonecos que se assemelhavam a recém-nascidos. Tinham cabeças e membros de louça, corpos de pano e eram bem-acabados, bonitinhos e jeitosos para se ter nos braços. Tiveram, então, a ideia de tratá-los como verdadeiros filhos, saciando seus desejos de imitar suas mães de verdade. Como cada uma copiava sua própria mãe e compartilhava com as outras os costumes que vivia, o rol de frescurinhas que as três tentavam repetir estava sempre crescendo.

Diariamente, antes de saírem para o colégio, davam as mamadeiras aos seus filhotes, trocavam suas fraldas não descartáveis e deixavam suas crianças dormindo. Quando retornavam da escola iam logo atendê-las: davam o primeiro banho, trocavam novamente fraldas e roupas, cortavam unhas, limpavam ouvidos, passavam óleo nas cabecinhas, talco nos corpos e davam mais mamadeiras.

Quando as crianças adoeciam, o apuro se fazia total: providenciar alguém para se fingir de médico, verificar suas temperaturas a todo instante, dar banho frio se necessário, administrar arremedos de medicamentos, acordar assustadas durante seus sonos noturnos, dar banho de sol bem cedinho e mais e mais.

Tudo encenado, mas demandando bastante atenção, capricho e trabalho. Iam dormir exaustas, mas, como mães verdadeiras, com aquela felicidade de quem se acha insubstituível.

Um dia, uma das três amigas (Suzaninha) imaginou fazer o batizado de seu bebê. Todas as meninas da vizinhança gostaram da ideia e cada vez mais inventavam detalhes para a ocasião. Convidariam todas as meninas do bairro, que iriam com seus melhores vestidos, providenciariam bolos, sucos e até sanduichinhos. O evento seria ao lado do jardim, em uma parte usada como campinho de futebol. O padre seria a irmã maior de Ninha, vestida com uma capa de chuva e calçando um par de sapatos que surrupiariam de seu pai.

De fato, o evento foi um sucesso até a hora do "eu te batizo...". Todos queriam uma explicação para a atitude de Liliana, a irmã de Suzaninha, que se fizera de padre, trocando o nome de Carlos Eugênio Albuquerque de Bragança para Carloto Badu da Rola.

O nome escolhido pela mãe do boneco-bebê fora produto de muitas elucubrações, não só de Ninha, mas de suas amigas também. Tal como fazem os adultos quando querem nomear seus filhos, a menina gastou muito tempo para chegar num consenso, ainda mais porque sua escolha envolvia nome e sobrenome. O filho era dela, só dela, não tinha outros parentes, nem mesmo pai, e isso a liberava de qualquer nome de família. Vale observar que todas as mães-de-faz-de-conta entre as amigas de Suzana dispensavam totalmente a figura paterna. Talvez porque, àquela época, os pais fossem menos presentes no dia a dia dos filhos. O fato é que, sem os pais, tudo corria mais fácil. Na verdade, as amiguinhas chegaram a brigar um pouco na escolha do nome do primeiro boneco-bebê a ser batizado. Algumas já pensavam nos nomes de batismo que colocariam nos seus próprios filhos, o que gerou uma discussão maior ainda. O nome Eugênio, por exemplo, foi sugerido por uma menina que depois tentou desvalorizá-lo, simplesmente porque queria aquele nome para o seu próprio bebê. Outra, cujo pai se chamava Carlos e havia abandonado a família, se recusava agora a ser madrinha de quem carregasse aquele nome. Uma colega, melhor aluna da classe, afirmou ser Bragança um sobrenome exclusivo da antiga família real do Brasil e, portanto, não podia ser colocado num qualquer. Puxa! Esse "num qualquer" deu muito arranca-rabo e quase acabava com a ideia tão boa do batismo dos bonecos.

O falso padre era uma garota esquisita, principalmente levando-se em conta que, naquele tempo, as atividades de meninos e meninas eram totalmente demarcadas. Porém, Liliana achava o faz de conta do mundo das bonecas muito sem graça. Gostava era das brincadeiras dos meninos: trepava em árvores, soltava arraia de cima do telhado de sua casa e vivia espiando os garotos jogando futebol. Sonhava ser aceita numa das muitas peladas que eles armavam.

Certo dia ganhou de um tio, fanático por futebol, uma bola novinha. Graças a ela ganhou coragem pra pedir uma vaga em um jogo do time.

Os meninos-jogadores se apaixonaram pela bola da menina e perceberam que ela faria qualquer coisa para entrar num jogo. Era a oportunidade para conseguirem desmarcar o tal batizado, pois queriam usar o campinho, onde o evento se realizaria, exatamente no mesmo dia e na mesma hora.

Liliana até tentou convencer as meninas a trocar o dia do batizado, mas só conseguiu uma pequena antecipação no horário de início. Ia ser difícil conciliar os dois eventos, mas ela tentaria.

Contudo, festa é festa e muita gente chega atrasada. O padre estava agoniadíssimo, apressando todo mundo, mas as mães não tinham pressa nenhuma de se mostrar com seus filhos, suas roupas novas, seus cuidados maternos. A cerimônia começou bem mais tarde do que seria conveniente para os interesses futebolísticos de Liliana. Sua angústia deu um pico quando, paramentada de padre, na frente de todos e pronta para proferir o "eu te batizo", viu o líder do time de futebol lhe fazer gestos que significavam o fim de sua chance. De relance, viu a felicidade geral contrastando com sua desgraça e não suportou; inventou, no mesmo instante, o terrível nome de Carloto Badu da Rola!

A confusão foi tão grande que chamou a atenção dos adultos, e os pais de Suzaninha e Liliana logo prometeram um enorme castigo para o falso padre e um novo batismo para Carloto Badu da Rola.

A FALSA APARÊNCIA DAS COISAS
Ana Raquel Montenegro

Há dois dias, descobri que meu avô teve uma amante e uma filha fora do casamento. Acompanhava minha mãe em uma consulta de rotina quando a vi reconhecer uma mulher na sala de espera. Ela a cumprimentou, e as duas conversaram sobre alguns membros da família, atualizando um passado que deduzi ser comum. Presumi que fossem amigas de infância. Somente ao deixarmos a clínica mamãe explicou que se tratava de sua meia-irmã.

A descoberta me impactou além do que eu esperava. Meu avô faleceu muito antes de eu nascer, e por isso eu não tinha lembranças dele. Nunca testemunhei o homem que foi — apenas juntei fatos esparsos de conversas que ouvi ao longo da vida e alinhavei a imagem de um indivíduo calado, correto, companheiro. Soube de histórias que me fizeram sentir orgulho em imaginá-lo diferente. Esqueci, porém, que as famílias são compostas também de elipses, ainda que acidentais: não é que se queira esconder alguma coisa, mas a verdade simplesmente não ganha oportunidade de ser dita, pelo menos não até certo dia. Até recentemente, ninguém havia mencionado que meu avô traíra minha avó.

Era inevitável pensar na dor que ela sentiu ao saber disso. Como havia tolerado permanecer ao lado dele até que a morte os separasse? Provavelmente graças à força que demonstrou ao criar sozinha as crianças depois de viúva. Foi essa mesma fibra que a moveu de Itarema para Fortaleza a fim de que seus descendentes tivessem outro destino. Conseguiu.

Com todos os rebentos encaminhados, morou sozinha até os 91 anos, quando a filha mais velha, minha mãe, resolveu intervir. Vovó já não possuía mais a definição dos movimentos ou da memória. Uma sucessão de pequenos acidentes domésticos anunciou que a senilidade enfim se apresentava. No final, a solução mais viável, dentro das nossas condições econômicas, foi movê-la, a contragosto, para morar com minha mãe, no quarto que um dia foi meu.

Angustiada com o que não sabia, decidi visitá-las depois do trabalho. Quando minha mãe abriu a porta, deduziu o motivo de minha presença:

— Ainda com aquela história na cabeça? É passado, menina.

— Fiquei sem chão, mãe.

Ela debochou de minha seriedade. Entrei. A sala se estendia antes de encerrar na varanda, onde vovó crochetava na cadeira de balanço.

— Oi, vó.

Deixei um beijo na escassez macia de seus cabelos. Ela sorriu sem tirar os olhos da linha e dos pontos indecisos.

Voltei para a sala. Sentei ao lado de minha mãe no sofá. Abracei uma das almofadas. Ficamos em silêncio por um tempo.

— Naquela época era normal, minha filha.

— É que achei que ele fosse diferente.

— Todos os homens tinham amantes.

Baixei a voz:

— A vovó realmente não se importava?

— Não. Fez até o parto da criança.

— Sabendo de tudo?

— Sabendo de tudo. Fez o parto e criou a menina por um tempo depois que a mulher morreu.

— A mulher morreu?

— Faleceu uns quatro anos depois de parir. Trabalhava na casa desde o começo. Ajudava tua vó a cozinhar para os trabalhadores.

— Morreu de quê?

— Ninguém sabe. Foi definhando aos poucos. Naquele tempo, as pessoas morriam e a gente nem sabia por quê. As más línguas diziam que ela tinha morrido de amor, pois começou a adoecer algum tempo depois que teu avô faleceu, mas vai ver foi um câncer.

Da varanda, vovó se manifestou pela primeira vez:

— Está tudo no nome.

Franzi o cenho para minha mãe, indaguei com os olhos. Ela também não tinha entendido.

— Como assim, vó?

— Está tudo no nome — repetiu. Depois, começou a cantarolar baixinho, com o crochê descansando no colo, a vista curta fixada para além da janela, trazendo para perto memórias de longe.

Infelizmente, fazia um tempo que vovó vinha dizendo coisas sem sentido. Mamãe balançou a cabeça e riu de leve. Deu uns tapinhas na minha perna e disse que ia servir o jantar.

Eu mexia no desfiado da almofada, piorando a situação. Acomodei melhor a decepção dentro de mim, racionalizei que se tornaria velha e inofensiva em poucos dias. Por outro lado, a admiração por minha avó aumentava. Certa vez, ela própria me relatou que, depois de salvar uma criança no primeiro parto que presenciou, aos poucos foi se tornando a parteira da região. Nunca pensei, no entanto, que essa posição a tivesse condenado a fazer nascer a filha da amante de meu avô. Seu altruísmo em cuidar da criança após a morte da mulher quase ofendia.

O arrastado dos pés me avisou que vovó se levantara e passava por mim em direção ao seu quarto. Notá-la cada vez mais débil machucava: um prenúncio do fim. O vigor do passado tornava imensamente triste aquela fragilidade.

Ela saiu do quarto no mesmo momento em que mamãe nos chamava para a cozinha. Vinha com um livro nas mãos. Entregou-me:

— Está tudo no nome.

Olhei a capa e tomei um de seus braços para sairmos juntas da sala. Ela fingiu não sentir minha mão e apressou o passo para se sentar, sem ajuda, à mesa. Enquanto ocupava o lugar na frente dela, vi mamãe se desinteressar depois de espiar o livro. Já o havia visto centenas de vezes, pois era o único que minha avó possuía. Era o dicionário de nomes. Muitos filhos e afilhados tinham sido registrados com base nele.

Vovó apontou o livro com o dedo e fez sinal para que eu o lesse. Em seguida, mergulhou a colher na sopa e começou a comer.

Agradeci o prato que minha mãe me deu. Por respeito, abri o livro. Havia uma flor de crochê marcando a página que continha o significado do nome da minha avó. O verbete estava grifado a lápis. Li e considerei apropriado como o nome dela se adequou à circunstância depois da morte de meu avô. Folheei um pouco mais para conferir se o livro dava ao meu nome a definição que já conhecia. Resposta afirmativa.

— Filha, janta primeiro, deixa isso pra depois — disse minha mãe.

Suspirei para abafar a irritação. Certas coisas não mudam. O livro acabou restando aberto de novo na página marcada pela flor.

Mamãe contava novidades da família. Eu ouvia e sentia uma expectativa do outro lado da mesa. A flor evocava outro fato sobre minha avó que eu tinha esquecido. Um dia, eu brincava com as panelinhas de barro ao pé de um arbusto, fazendo as florezinhas de comida, quando vovó advertiu que eu não as colocasse na boca, porque eram venenosas. Foi a primeira vez que entendi a falsa aparência das coisas. E que minha avó era conhecedora dos segredos das plantas.

Lembrei-me da outra mulher do meu avô. Do definhamento. Provavelmente vovó tentou curá-la e não conseguiu. Do lado oposto da mesa, os olhos dela me esperavam.

Mamãe falava e eu respondia com frases esparsas. Terminei a sopa e levei a louça para a pia. Ao sentar-me de novo à mesa, reli o significado do nome de minha avó.

Ela se chamava Mônica. Mônica, segundo o livro, significava viúva. Depois da morte de meu avô, ela se transformou no próprio nome: viúva.

Só devia existir uma viúva.

A morte da amante suceder a de meu avô se tornou um fato mais significativo, quase uma evidência. Apanhei a flor de crochê. Era da cor das florezinhas traiçoeiras da minha infância.

Tive medo do pensamento que me ocorreu.

— Na casa de Itarema também tinha aquela flor que eu fingia cozinhar nas panelinhas, vó?

Ela assentiu.

— E a senhora fez chá dela?

Mamãe interferiu:

— Não lembra que tua avó ensinou que é venenosa? Não se faz chá com aquela flor.

Mas vovó sorria.

A conclusão a que eu chegava desmentia minhas crenças, despedaçava outra imagem. Entendi tudo, e a verdade pesava. Estava diante de uma confissão muda.

Vovó nunca tentou salvar a amante. Vovó a envenenou, aos poucos, com o chá daquela flor.

Quando a encarei, ela deve ter lido em minha expressão o que adivinhei. Parecia satisfeita, quase orgulhosa. Confirmou com o olhar. Um segredo transmitido. Mamãe continuava a falar, alheia à nossa troca.

No dicionário, o verbete parecia ainda mais em destaque.

Sim, estava tudo no nome.

O QUE RESTOU DE MIM
Angela Vasconcelos

Dizem que o nome de uma pessoa define quem ela é e quem poderá chegar a ser; que o seu destino pode estar ligado para sempre a isso, como um presságio. Minha história foi se fazendo nos nomes que me deram.

Foi tia Clara, que era freira, que sugeriu meu nome de registro. Nasci em um 24 de maio, e logo arranjaram uma santa do dia para me batizar. Nome forte, comprido e significativo, concordou minha mãe. E é a protetora do lar, disse minha tia à irmã, que estava tão desejosa de um lar protegido. Meu pai se resignou em apenas inscrever seu sobrenome junto ao meu nome. Mal sabia ele que inscreveria também o desejo do nome que escolhera desde sempre.

Pois meu nome foi escolhido por duas mulheres que decidiram que não haveria diminutivos ou apelidos carinhosos para se referirem a mim: Auxiliadora é nome suficiente. E assim fui chamada até mais ou menos os meus 20 anos.

Em 1981, fui morar na casa de uma irmã de papai, em Brasília. Era desejo dele que eu me formasse e arranjasse um bom trabalho — não queria para mim o destino da maioria das moças da nossa cidade: bom casamento e família bonita.

Minha prima fazia faculdade de jornalismo, e eu comecei a sair com a turma dela para me ambientar à cidade. Íamos a festinhas, cinemas, luaus e feiras *hippies*. Foi na feirinha que eu conheci o Javier, um uruguaio muito charmoso, entendido de astrologia e amigo da turma. Ele reparou nos meus cabelos longos, nas minhas roupas sem graça, meio caretas, e me presenteou com dois vestidos, uns brincos grandes, um poema e um novo nome. Foi de Auxi que ele passou a me chamar, dando ênfase ao *A*. Gostei da sonoridade, da diferença, do ineditismo e da boca dele abrindo e fechando, breve e delicadamente, para falar o meu novo nome. Eu nunca saberia reproduzir a entonação que o Javier dava a esse meu nome que ele inventou.

No começo, eu achei que era da mania que o povo de Brasília tinha de chamar as pessoas pela primeira sílaba do nome, mas depois ele me disse que Auxi significava pessoa iluminada, cheia de luz e encanto. Na verdade, eu nunca encontrei o significado desse nome, nem depois que eu tive a curiosidade de conferir, mas esse que ele inventou despertou em mim, por um breve e intenso tempo, outra pessoa. Foi por causa do Javier que abandonei o sonho do meu pai de me tornar juíza ou advogada. Fui morar com ele e um grupo de amigos numa chácara em Alto Paraíso, Goiás, onde passamos a viver uma vida onde tudo era compartilhado: comidas, bebidas, corpos, alegrias, sonhos, tarefas e o pouco dinheiro que tínhamos. Com Javier, eu conheci o meu corpo, a partilha, o amor pela natureza, a influência dos astros, as fases da lua, a artesania com prata, as ervas. E conheci as alucinações. Embarcamos juntos em viagens mentais interessantes, mas Javier se excedeu, e era tanta luz que ele não via mais a minha. Consumida pela energia de Alto Paraíso, voltei para Brasília. Sem luz e sem encanto.

Meu pai, numa atitude que me surpreendeu, alugou um apartamento para mim perto da casa da minha tia. Nunca conversamos sobre minha estadia em Alto Paraíso. Em troca dessa generosidade, voltei a ir à missa, arranjei um emprego como secretária de um escritório de contabilidade e me matriculei num cursinho preparatório para o vestibular. Minha prima se mudou para São Paulo. Eu já tinha perdido o contato com a turma dela, por isso passei a me aproximar do pessoal do escritório. Meu cabelo estava na altura dos ombros, comecei a usar saia lápis, *tailleur* e maquiagem.

Foi lá que conheci o Jacinto. Ele era chefe do departamento de pessoal e perguntou se poderiam me chamar de Dora, com som fechado no *o*, e a partir de então tive esse outro nome. Jacinto era um homem inteligente, gentil, bonito e mais velho que eu. Começamos a namorar na festa de final de ano do escritório. Ele frequentava meu apartamento, mas nunca podia dormir comigo porque ainda estava em processo de divórcio da esposa e tinha dois filhos pequenos — essa história ele me contou por uns dois ou três anos. Com ele, conheci a rotina de um departamento de pessoal, o sabor dos vinhos, o Clube do Choro, a espera por uma viagem que nunca aconteceu. E o seu talento de detetive. Ele vasculhou toda a minha vida, a minha alma e o meu corpo. Foi aí que conheci a fibromialgia. Doída pelo nome que Jacinto encarnou em todo o meu corpo, mudei de trabalho, de turma e de bairro. Passei no vestibular para Pedagogia. Meu pai me pagou um tratamento para as dores, sentiu alívio e satisfação, mas nem chegou a conhecer o Jacinto.

Meu primeiro estágio foi numa escola pública em Ceilândia. Todos os dias eu pegava o mesmo ônibus para chegar ao trabalho, e foi nele que conheci o Eduardo. Ali, naquele transporte coletivo, nos aproximamos. Ele fez um sorriso novo aparecer no meu rosto no dia em que, quando cheguei à parada do ônibus onde ele já estava, me recebeu com uma canção que eu nem conhecia: *"Oh, Dora, oh, Dora, eu vim à cidade pra ver meu bem passar, oh Dora, agora no meu pensamento eu te vejo requebrando pra lá, ora pra cá, meu bem"*. O som aberto no *o* me soou bonito. Eduardo viu em mim uma brejeirice que eu não conhecia. Ria do meu sotaque pernambucano, me chamava de candanga e não quis saber do meu passado. Para ele, eu nasci no dia em que nos cumprimentamos pela primeira vez, e eu renasci no dia em que ele me deu esse nome lindo.

Com o Eduardo, conheci Dorival Caymmi, Paulo Freire, os movimentos sociais, cerveja de botequim, política e liberdade. Parei de fazer sessões de acupuntura. E conheci a saudade. Apesar de me amar de um jeito de que nunca duvidei, suas ideologias eram mais importantes que a vida feliz de um casal pequeno-burguês. Eduardo partiu para o Acre para realizar um trabalho com os índios Ashaninka, que naquela época lutavam pela demarcação de seu território. Ele me deixou o disco do Dorival Caymmi, me enviou umas duas ou três cartas, e eu fiquei desterritorializada.

Ainda despedaçada, recebi um golpe lancinante ao saber da morte do meu pai. Aflita, viajei para Pernambuco. Não sei bem por que, mas durante a viagem eu pensava em por que os homens da minha vida resistiram ao meu nome de registro. Àquela altura, já não me restava nenhum nome. Eu retornaria àquele de origem, embora ali fosse eu quem precisasse de proteção e auxílio — duas coisas que meu nome poucas vezes me deu.

Minha mãe me mostrou um caderninho de anotações de meu pai e vi uns rabiscos com a minúcia de um estudioso. Entre alguns nomes de meninas, um estava circulado:

Lia:

1. em hebraico quer dizer "vaca selvagem", mas é entendido como um elogio;

2. aquela que tem olhos doces;

3. para os gregos, "aquela que é portadora de boas notícias".

Foi o que restou de mim, esse nome resgatado do desejo de meu pai.

FORASTEIRA
Barbie Furtado

Seu nome era o próprio oximoro. Assim como sua personalidade cem por cento geminiana — com ascendente, lua e sol em gêmeos — e seus transtornos ocasionais de humor, ser Bárbara sempre foi conviver com dois opostos no mesmo corpo.

— Bárbara, não sobe nessa árvore que você não vai conseguir descer — a mãe falou, consternada, tentando segurar a filha.

— Vou, sim, eu sei o que eu tô fazendo. Eu já sou grande — a criaturinha de uns cinco anos de idade e menos de um metro e trinta colocou a mão na cintura e falou com olhar desafiador.

— Se você subir e não conseguir descer, ninguém vai te ajudar, vou logo avisando — a mãe ameaçou, mas Bárbara não parecia nem um pouco abalada.

— Pode deixar comigo, eu não vou precisar de ajuda — a menina falou, já começando a se pendurar nos galhos, quase como um pequeno macaco, com a maior facilidade do mundo. A mãe olhava, de baixo, apreensiva, enquanto a filha fazia o caminho árvore acima — Olha mãe, eu tô aqui — Bárbara acenou.

— Legal, agora desce — a ansiedade que tomava conta da mãe de Bárbara era visível em seus olhos.

— MÃÃÃÃÃÃÃÃÃÃE — o grito choroso assustou a mulher ali parada, que olhou para o alto ainda mais apreensivamente — EU NÃO CONSIGO DESCEEEEEER!

De repente, foi comoção para todo lado. Apareceu avô,

avó, tia, tio, empregada, jardineiro, todo mundo para ajudar a Bárbara presa em cima da árvore.

— Todo mundo para! — a mãe falou — Ela subiu só, vai ter que descer só.

— Tu vai deixar a menina presa em cima da árvore, é? — a avó perguntou, já botando a mão no coração.

— Não. Vou ajudar ela a descer daqui.

— ALGUÉM ME TIRA DAQUIIIIIIII — Bárbara gritava lá de cima.

As pessoas todas correram para debaixo da goiabeira.

— Vocês querem ajudar ela? — a mãe falou, já irritada — Pois fiquem de joelhos e rezem pra ela descer daí sem nenhum arranhão, porque ninguém vai subir para tirar ela de lá.

E foi palavra final.

De galho em galho, a mãe de Bárbara a orientou, dizendo onde botar cada pé, onde segurar firme e quando podia soltar. Para Bárbara, que olhava para baixo, a visão era de extrema segurança. Os rostos apreensivos de toda sua família formavam um semicírculo ao seu redor, e ela sabia que os braços estariam prontos para pegá-la se caísse. Com isso, a confiança cresceu, e ela desceu cada vez mais rápido, até que alcançou o chão.

— Eu não falei? — a mãe já ia dizendo, assim que os pés da filha encostaram na areia.

— Quem falei fui eu, não foi, não? Eu desci sozinha — Bárbara sorria. Alguns minutos antes, criara completo caos e apreensão para toda a família. Agora, vitória.

Tinha uns três ou quatro anos quando começou a perceber os trocadilhos. "Bárbara, você é bárbara", normalmente dizia o avô, e frequentemente também o tio do pavê nas festinhas de Natal. "O que é bárbara?" perguntou, finalmente, em um desses momentos. Imagine sua surpresa quando lhe explicaram que bárbaros eram os povos não civilizados, selvagens, que muitas vezes invadiam as aldeias e causavam a destruição de famílias, comunidades e povos inteiros. Então ser bárbara era uma coisa ruim? Fazia algum sentido, até. A criatura de quatro anos de idade que fugia da escolinha para ir ao parquinho na praça não podia ser exatamente civilizada, não era? As ligações da escola para sua mãe eram tão constantes que ela nem se preocupava mais: com certeza, Bárbara tinha aprontado outra vez.

Aos sete anos de idade, assistir ao filme *Pocahontas* teve um impacto maior do que poderia ter imaginado. Por coincidência (ou talvez não), rapidamente aquele se tornou seu filme preferido, e assistia tantas vezes que sabia todas as falas de cor. E as músicas? Amava todas e cantava junto, dançando pela sala, apesar de uma em particular chamar sua atenção: *São bárbaros, bárbaros, não são nem humanos. Bárbaros, bárbaros, vamos atacar. Afastem-nos daqui, eles merecem guerra, os tambores vão rufar. São bárbaros, bárbaros, índio é uma fera, que teremos que matar...* Bárbaros eram tão horríveis assim que mereciam ser brutalmente assassinados? E... se bárbaros eram tão terríveis, consequentemente, Bárbaras eram também?

Mas que barbaridade! Ouviu uma vez quando contavam a história do assassinato de uma menina e, aos sete ou oito anos de idade, ainda se perguntava sobre a conotação negativa que sempre pairava sobre o nome. Tá certo que não era a criança mais comportada do universo, mas dizimar povos inteiros? Assassinatos de criancinhas? Isso que era ser bárbara, de que tanto a chamavam? Não queria ser aquilo, não. Em sua mente infantil, de alguma forma, parecia associar o significado às fugas da sala do jardim de infância para assistir à aula escondida na turma da sétima série, às vezes em que subiu na árvore sem permissão e não conseguiu descer sozinha, às brigas com os colegas na escola, a todos esses crimes — porque não — barbáricos, à sua pessoa como uma condição nata, imposta a si por sua própria denominação.

Bárbara, você é bárbara. Demorou uns bons anos até ter a completa compreensão de que bárbara, como adjetivo, também significava o que hoje chamamos, bem informalmente, de "ô, bicha foda". Aquela pessoa capaz de fazer coisas que parecem impossíveis, como tirar dez em todas as provas sem estudar, porque estava muito ocupada fazendo as unhas na véspera, ou escrever um conto de quase quatro mil palavras em uma sentada. Fazia bastante sentido também que tivesse nascido com uma facilidade tão grande para fazer a maioria das coisas que ousava experimentar. Xadrez? Ouro. Teatro? Desde sempre. Ler e escrever? Desde os quatro anos. Andar e falar? Aos nove meses. Estudar na véspera da prova? Só quando tinha tempo, da educação infantil até a pós-graduação, sempre alcançando a excelência. Quando o tempo lhe faltava, ia do mesmo jeito, e acabava dando tudo certo. Isso era ser Bárbara também?

Nunca conhecera um professor de história que não tentasse educá-la sobre as figuras históricas com seu nome. Por exemplo, Bárbara Heliodora, heroína da Inconfidência Mineira. Detestava quando a chamavam por esse nome que não lhe pertencia. E Bárbara de Alencar, quando, num passeio da escola, o professor a fez entrar na prisão onde sua xará havia morrido, para sentir como era ser de fato "Bárbara"? Sem contar, já no terceiro ano do ensino médio, o professor de física que toda aula perguntava "Você sabia que, na época da ditadura, Chico Buarque escreveu *Cala a boca, Bárbara*, ou *Calabar*, por causa da censura? Você conhece essa história?". Respirava fundo, tinha vontade de sempre responder: "Claro que conheço, professor, você me contou semana passada. Mais uma vez.". Mas tinha toda a paciência do mundo, até quando conversava em sala de aula e o professor parecia criança de tanta felicidade ao falar "Cala a boca, Bárbara!".

Um dia descobriu que Bárbara, em seu significado mais puro do dicionário, quer dizer estrangeira, forasteira. No dia a dia, chamam-na de "diferentona". Definitivamente, regras nunca foram seu forte. Ficar sentada quietinha depois da tarefa até todo mundo terminar. "Tia, posso ir beber água?" Usar apenas caneta azul ou preta. "Mas, tia, rosa é tão mais bonito." Tem que terminar de comer. "Mas, mãe, por que eu não posso comer a sobremesa antes?" Os contos devem todos ser ambientados no Ceará. "Eu posso fazer em outro local?" Não que isso importasse particularmente para ela. Apesar desse sentimento de nunca exatamente pertencer a lugar nenhum, nem mesmo ao seu próprio corpo, sempre foi capaz de se dar bem com praticamente todos que cruzaram seu caminho. Mesmo assim, uma vida sendo chamada de "única", "especial", "autêntica" e "diferente", e sempre aquela incerteza lá no fundo: se, como bárbara, aquilo era elogio ou xingamento.

Sempre se sentira estrangeira na própria pele, forasteira na própria alma. Sentir que pertencia a si mesma, que estava no lugar certo e no momento certo sempre foi das coisas mais difíceis da vida. Teria seu destino sido traçado já na maternidade, pelos seus pais, no cartório, pela funcionária desajeitada e a velha máquina escrever? O desejo de ser bárbara, aquela "fodona" que consegue tudo o que planeja, cuja grandeza deixa todos estonteados, sempre foi uma das partes mais fundamentais de sua essência. Parte do tempo, sente-se plenamente capaz de executar todas as tarefas planejadas e alcançar quaisquer objetivos. Na outra parte, os bárbaros parecem estar dentro de si, da sua própria alma, lutando contra sua força de vontade, avassalando o perfeccionismo que grita para ser liberado, amarrando a voz que pode dividir com o mundo ideias que só ela parece ter.

É como se o anjinho e o diabinho em seus ombros vivessem em uma batalha eterna, e, eventualmente, chegassem a um acordo em que todas as suas atitudes fossem influenciadas pelos dois, ao mesmo tempo, e seja o que Deus quiser. Tem apresentação de um trabalho? Com certeza ela fará. O grupo todo desistiu! Pode deixar, ela cuida disso. O livro é chato pra caramba! Tá dificultando, né? Mas ela dá conta... E se... a Bárbara fizesse a apresentação que era para ser de cinco pessoas sozinha e sem ler o livro? Não seria uma boa ideia? MARAVILHOSO! O anjinho e o diabinho com certeza apertaram as mãos e decidiram que essa seria a melhor opção bem aí, porque ela foi lá e fez. E tirou a nota máxima.

Para a Bárbara, nunca existiu vitória sem caos. Nunca existiu caminho sem complicação. Nunca existiu decisão sem batalha interna. Os médicos falam em transtornos de humor e os astrólogos associam logo ao excesso da influência do signo de gêmeos em sua vida. Seria isso tudo apenas uma consequência do seu nome? Para Bárbara, tudo é parte do mesmo todo.

Que sorte a sua ter nascido com um nome que significa seu próprio antônimo, que reflete tão bem o caos de seus comportamentos da infância, de seus pensamentos adolescentes, das vitórias e conquistas decorrentes de todos eles. Ser Bárbara é ser tudo isso — caos, vitória, forasteira, devastação, criatividade — em um só corpo, em uma só alma, em um só coração. E, apesar de seus quase trinta anos, ainda está aprendendo a lidar com a intensidade que isso lhe traz. E tudo bem.

Bárbara, você é bárbara. Sou, sim. Com muito orgulho. Mas pode deixar os trocadilhos de lado, tá? Nas festinhas de Natal é suficiente.

FIDÍPIDES
Cançado Thomé

Ele odiava o nome. Não porque fosse difícil de pronunciar, nem porque todas as pessoas escreviam errado. O nome era difícil até pra formar apelido — teve dois apelidos na vida, Fí-di-pí foi o que menos lhe incomodou. Mas também não era por isso que o detestava: essas reclamações comuns de pessoas com nomes estranhos eram sua menor preocupação. Conheceu um Anaximandro que sofria por essas bobagens e reclamava como uma hiena por ser chamado de Ajax. Gostaria de ter tido essa sorte.

Seguindo uma tradição tosca do interior, ele poderia ter sido batizado de Jaquendir, a soma do nome da mãe com o do pai. Era estranho, era feio, era pobre. Mas tudo isso ele era e não se envergonhava. Na maioridade, pensou em fazer a mudança. Desistiu por causa da burocracia. Trocar de nome é coisa pra barão.

Seu pai escolheu a alcunha como profecia de um futuro auspicioso, seguindo seus próprios passos, literalmente. Campeão de várias provas de corrida locais — entre elas duas vezes primeiro lugar da Meia-Maratona da Cidade de Fortaleza e uma dos 21K da Terra da Luz — Jurandir segurou o bebê de quase cinco quilos, ainda coberto de vernix, e pressagiou que ele levaria sua cidade à glória, sendo um grande maratonista.

Um campeão, como o titular original do nome: o lendário soldado que correu até Atenas após a batalha de Maratona pra salvar a cidade de um ataque surpresa persa. Herói incansável, seria lembrado pela eternidade. Mas a trilha do novo dono do nome seguiu uma direção diferente — a ele coube o anonimato de uma vida ralada. O único prêmio que recebeu do augúrio paterno foi o apelido Maratona, que odiou na infância, mas com o qual se acostumou quando o transmitiu ao seu objeto de trabalho.

Conduzir o Maratona do Cachorro, seu carrinho de *hot dog*, foi o único exercício que conheceu na vida. Sua rotina olímpica era uma prova de três etapas: caminhar pela cidade, não por quarenta e dois, mas por até dez quilômetros, rumo à festa mais próxima; ficar em pé durante a noite montando e servindo sanduíches pra jovens embriagados; e marchar de volta por algumas horas, no clarear da manhã, até o quartinho alugado no centro da cidade onde mal cabiam os seus cento e setenta quilos e o Maratona.

A qualidade de sua comida — cozinhar sempre foi uma alegria — o fez famoso nos fins de noite dos eventos da cidade. Comer o cachorro do Maratona antes do *after* já era um hábito *cult* bacaninha da *jeunesse dorée* alencarina. Quem é Maratona? O gordo do sanduíche que fica na porta do show. Ah, sei. Nossa, o cai duro dele é *top*. Era mesmo.

Aquele dia se anunciava tão promissor pro Maratona quanto os demais, ou seja, uma merda. Na noite anterior, acompanhou um show perto das Seis Bocas até o sol nascer. Festa fraca, cantor peba. Vendeu pouco, suou muito. Perdeu muita matéria-prima, que, depois de preparada e exposta, não tinha mais como ser guardada ou reaproveitada. Pelo menos comeu o que sobrou.

Chegou em casa mais de sete e quase não dormiu: era sábado e ia ter um show que prometia bastante movimento no anfiteatro do Cocó. Como tinha programação infantil, seria bom chegar cedo pra pegar um lugar legal, bem visível. E ele ainda precisava comprar os ingredientes, cozinhar, limpar o Maratona. Saiu à uma da tarde, um calor sem fim.

A caminhada daquele dia estava um pouco mais penosa que de costume. Além das assaduras que lhe queimavam as virilhas — companheiras de longa data — ainda estava com dois pelos encravados, vermelhos, inflamados, no intermédio das coxas. Era comum que os pelos encravassem: com a fricção das pernas, eles caíam e ficavam presos quando nasciam. Custavam a cicatrizar; a diabetes não ajudava. E aqueles estavam encomendados: inchados, cheios de pus. Não teve corticoide que desse jeito. A cada passo eles pareciam se irritar mais.

Tinha caminhado quase uma hora quando recebeu uma ligação. Pela tela quebrada do aparelho, não conseguia ver quem ligava, mas as possibilidades eram poucas: ou era cobrança da financeira ou da imobiliária. Foda. Com o pouco que tirou no dia anterior, nem se vendesse tudo naquele dia conseguiria fechar as duas contas, que já o acompanhavam desde o mês anterior. Se o aluguel completasse duas parcelas vencidas, ia pra rua — a imobiliária tinha tipo de agiota, não perdoava. Com nome sujo da financeira, não tinha como conseguir outro lugar pra ficar. Morando na rua, acabaria perdendo o Maratona. Seria, então, a linha de chegada: o fundo do poço.

Não atendeu. Não tinha o que fazer e não ia ficar pegando esporro de cobrador de graça. Mas o telefone insistiu. Tocou umas cinco vezes, sei lá. Parecia que ia tocar o dia todo. Se continuasse assim, ia acabar descarregando a bateria. Não queria passar o dia sem celular. Não tinha ninguém pra quem ligar, mas não queria. Encheu tanto o saco que atendeu.

"Filho... tá tudo bem? Você sumiu."

"Oi, pai, o que você quer?"

"Nada... Quer dizer, quero saber de você. Como tá o regime? Conseguiu perder peso?"

"Pai, eu tô trabalhando. Depois a gente conversa."

O pai não percebeu a mãe empalidecer enquanto profetizava o futuro atlético do filho. Hemorragia, o médico explicou — tinha sido um parto difícil. A criança grande, a mãe estreita, não tinha o que fazer. Ela ainda nem tinha segurado o menino nos braços. O pai teve que cuidar sozinho. Ainda há quem diga que o menino desonerou por falta do peito da mãe — criança que bebe leite de vaca desde o berço fica assim, estragada.

A canelite mal tratada do pai, que o expulsou das provas quando o bebê ainda nem sabia andar, fez com que ele investisse suas esperanças nas bochechas rechonchudas do sucessor. A expectativa se depositou nas artérias da criança em forma de colesterol e triglicérides. Quanto mais o pai estimulava a vocação esportista, mais o garoto se retraía. Nunca aprendeu a jogar futebol, corria como um rinoceronte bêbado e afundava como bigorna quando tentava nadar. O pai reclamava que ele não se esforçava — não se dedicava pra aprender, não queria emagrecer, não lutava pra vencer. Tinha sangue de campeão, o que custava fazer um pouco de sacrifício?

Quase no Cocó, parou num posto. Um chapa dele trabalhava lá e conseguiu a chave do banheiro. Entrou, abaixou a bermuda *jeans* e checou as coxas. Ardiam. Os pelos encravados destacavam-se, latejando, vermelhos mesmo por baixo da camada espessa de pomada. Estava muito quente e ele tinha suado demais. Caminhada em Fortaleza, com o sol a pino e empurrando um carrinho, é uma prova que poucos atletas conseguem enfrentar. Infelizmente, vencer essa prova não dá medalha.

Limpou as pernas com um pano molhado. Passou remédio e cobriu a região inflamada com mais uma camada de pomada. Poderia esquecer em casa a carne do *hot dog*, mas não saía sem seu *kit* pra assaduras. Não resolvia, mas amenizava.

No parque, encontrou pouco movimento. Sem muita concorrência, conseguiu um lugar legal pro Maratona no calçadão da Padre Antônio Tomás, próximo aos equipamentos de ginástica. Tinha a sombra da árvore e estava perto do público. Chegou, montou o toldo, organizou os ingredientes, acendeu o fogo bem baixo, só pra manter a salsicha e a carne aquecidas, vestiu um sorriso, levantou a placa "Maratona do Cachorro" e torceu pra que o dia fosse mesmo uma maratona.

Os primeiros interessados no seu produto foram três gatos: um preto, um amarelo e um malhado. Famintos, pararam em frente ao Maratona, sentados comportadamente, miando, pidões. Olhavam pro carrinho como um devoto contempla um altar. Tinha esquecido o amontoado de gatos que vive no Cocó. Maratona não era de maltratar animais — na verdade, até gostava deles, só não criava um porque achava que ele mesmo criar qualquer coisa seria uma forma de maus-tratos.

Tentou espantar os clientes indesejados com gentileza. Psiu, sai, gato. Mas eles pareciam dispostos a ficar. Tentou ser mais firme, balançando a mão, mas eles continuaram ali, pedindo seus sanduíches. Não queria, mas contornou o carrinho e deu uma carreira nos bichanos. Fugiram, cada um pra uma direção. Chegou a atirar uma pequena pedra neles. Não era pra pegar, só pra assustar. Não gostava de fazer aquilo, mas na segunda-feira nenhum gato iria ajudá-lo a pagar o aluguel.

Além dos felinos, poucos clientes apareceram. Até aquele momento, as atividades infantis, um palhaço novo com voz gasguita e brincadeiras batidas, pareciam não haver chamado o público. O sol já havia se posto e ele ainda trabalhava no vermelho. Estava perdendo a luta por pontos: o que ia fazer se estragasse tanto material quanto na noite anterior?

No início da noite, as coisas começaram a melhorar. O show estava marcado pras sete, então às seis e meia começaram a chegar o público e os concorrentes. Tendo freguês, ele não se preocupava. Sabia que sua cara gorda e ensebada já era uma marca. Atendeu um, atendeu dois, atendeu três clientes. Quando percebeu, já tinha uma algazarra na frente de seu carrinho. Embora aquilo parecesse o caos, era seu paraíso. Se estava vendendo tão bem antes de começar o show, imagine mais tarde, quando a galera saísse bêbada e quisesse forrar o estômago.

Algumas horas depois, no auge do show, na Barraca do Tomás, um velho companheiro de cruz que tinha se instalado uns dez metros à sua frente, viu uma moça chegar pra pedir uma bebida. Como estava sem cliente, ficou assistindo a garota. Era bonita, do tipo que ele nunca teve dinheiro suficiente pra pagar. As pernas malhadas no short curto, a bunda empinada e o salto imenso vermelho; a camiseta curta, mostrando a barriga bronzeada com penugem descolorida e escondendo os peitos generosos; os cabelos loiros que ela jogava de um lado pro outro enquanto falava com o vendedor; e a juventude do rosto, enfeitada com um olhar que fazia questão de alguma malícia: ela era moldada à mão pra encantar.

Assistiu enquanto ela pedia a bebida, apontando pra uma garrafa e pra outra, sorrindo envergonhada, pedindo explicações ao Tomás sobre seus *drinks*. Homem de sorte, o Tomás. Torceu pra que ela tivesse fome também. Depois que ela escolheu, ele preparou a bebida, balançando a coqueteleira com os braços erguidos, numa tentativa de se valorizar pra cliente. Ela recebeu o copo, segurou o canudinho com a ponta dos dedos e bebeu fazendo um biquinho de francesa. Tremeu um pouco, como num arrepio, depois sorriu. Lambeu os lábios. Então perguntou quanto foi e tirou de dentro do sutiã vermelho rendado o dinheiro pra pagar.

O Tomás acordou da hipnose de testosterona quando viu a nota de cem reais na mão da moça. Não tem mais trocado? Maratona não se lembrava de ter visto tanta inocência e sensualidade juntas numa única expressão: desculpe, é o único dinheiro que eu tenho. Bem, Tomás tinha uma cliente e não iria deixá-la insatisfeita. Então se abaixou, pegou uma caixinha metálica escondida entre garrafas e limões e abriu-a pra juntar o troco. Maratona viu de longe que o depósito já guardava um bom dinheiro, mesmo àquela hora.

Vindo dos quintos dos infernos, um moleque apareceu com uma arma na mão, gritando: perdeu, perdeu, perdeu. Depois disso, é difícil precisar o que aconteceu. Tudo foi muito rápido.

O vendedor parou até de respirar. Estendeu os braços pra entregar a caixa pro assaltante, mas tremia tanto que as notas iam caindo pros lados. O rapaz pareceu não ter gostado muito, já que gritou alguma coisa que não foi possível entender e deu três tiros. Na cara do Tomás. Coitado.

A confusão foi grande. Com os disparos, cada pessoa correu pra um lado. Centenas de pessoas ouvindo o barulho de tiros, gritos vindos de direções diferentes, cada um reagindo de forma mais desesperada. O assaltante não estava sozinho, tinha mais gente no esquema. E a polícia, espalhada aqui e ali em pequenos grupos, não ficou parada. Então o parque virou campo de tiroteio e o show musical, uma tragédia artística.

Fidípides, que percebeu tudo bem antes que a maioria, fugiu pra longe do núcleo da batalha. Abandonando o Maratona do Cachorro, correu em direção ao túnel sem olhar pra trás. Continuou correndo sem pensar, ouvindo a refrega que abandonava, ainda horrorizado com a deformação vermelha da cara do Tomás. E quando correu cem, duzentos metros ou coisa assim, sentiu-se um campeão: sentiu uma leveza que nunca tinha experimentado na vida. Sentiu que podia continuar correndo indefinidamente e continuou descendo pela avenida.

Sentiu seu peso se desprender, dando-lhe impulso e força pra correr ainda mais. As assaduras e os encravamentos iam ficando pra trás à medida que a banha se descolava e caía de seu corpo. Ele podia mais, podia tudo, e não ia desperdiçar essa oportunidade. Compreendia agora o que significava ser um campeão: corria pra longe, esquecido da balbúrdia do tiroteio, da desordem da vida, da humilhação da existência. Seguia em frente sem nem precisar fazer esforço pra se tornar aquilo a que fora predestinado: o corredor incansável, que não cessaria enquanto não cumprisse sua missão. Só precisava de um incentivo forte, como salvar a cidade do aniquilamento total.

Correu muito, correu por muito tempo, correu distâncias imensuráveis com a resistência de um leão e a leveza de um pássaro — como se voasse. Vencemos. Viu a mãe de braços abertos, logo após a linha de chegada, carregando a medalha de ouro que coroava toda a mudança, toda essa nova fase de existência. Vencemos. E o pai, ao lado, feliz com a conquista, sorria orgulhoso, sem querer dar o braço a torcer: você só cumpriu seu dever — uma lágrima no canto do olho. Vencemos. Eu sabia que era predestinado.

O paramédico sentiu nojo ao ver os gatos lambendo a mancha vermelha — uma mistura de molho de cachorro-quente, *ketchup* e sangue. Chutou os três dali. Olhou o defunto e pensou no trabalho que teria pra removê-lo até o necrotério. Por que aquele mamute inventou de morrer justamente em seu turno?

EPIFANIA
Cíntia Sá Macedo

O sol desponta. O suor escorre pelo corpo. Nos pés, calos arrasadores. As mãos erguidas ao céu num ato de fé. Nos rostos, uma expressão de súplica e sofrimento. O coração, envolvido por amor e devoção, dá forças para prosseguir. Nos mais penitentes, pedras sobre a cabeça e joelhos sangrentos ao chão. A fé incondicional dos que acreditam. Vendedores ambulantes perambulam entre os fiéis. Imagens, terços, velas, chapéus, água e frutas são oferecidos, a altos custos, aos mais desprevenidos. Maria segue fervorosa ao lado de Antônio, com o terço no pescoço. Na mão direita, a imagem de Padre Cícero; na esquerda, uma vela. Sua pele vermelha pela exposição ao sol e os pés inchados. Uma pausa para beber água e outra para descansar. Sempre amparada pelo marido, sôfrega e sem forças, move lentamente as pernas cambaleantes. Com a vista turva, lava o rosto e alimenta-se. Sentada no chão, refaz-se. No bolso do vestido desbotado, a carta molhada de suor e cheia de esperança.

A multidão de fiéis chega ao seu destino, Juazeiro do Norte, cantando alto e soltando fogos. A igreja Nossa Senhora das Dores recebe os romeiros para a missa. Um povo marcado por miséria, seca, fome e abandono. Homens e mulheres erguem os chapéus em adoração. Finda a missa, vão à estátua de Padre Cícero, e uma longa fila estende-se ao sol. Muitas oferendas aos seus pés. A crença e a fé nele são inquestionáveis. As pessoas buscam, ali, milagres e cura. Maria, emocionada, as mãos trêmulas, deixa a carta com a sua petição. Missão cumprida com êxito e esperança.

Exausta, ela senta-se na poltrona do ônibus para o retorno ao lar. Está grávida de cinco meses. Desliza as mãos sobre a barriga e respira aliviada. Pela janela, o campo e a chuva fina que agora cai lhe parecem mais belos. No canto da boca, um sorriso de esperança numa graça que almeja alcançar. Vira para o lado, encosta a cabeça no ombro de Antônio e adormece feliz. Ele fita a esposa com um olhar piedoso.

Chegando na rodoviária da pequena cidade de Missão Velha, ainda havia vestígios do momento da partida. Garrafas de água, papéis e sacos de comida jogados no chão. Embalagens de fogos de artifício que, às quatro horas da manhã, acenderam o céu da cidade.

As pessoas perguntavam qual seria o nome da criança. Antônio esboçava uma resposta, mas Maria o interrompia e dizia com firmeza:

— Cícero!

Em vão, Antônio discordava. Não tinha forças para lutar com o gênio forte da esposa. Dizia que todos na região do Cariri se chamavam Cícero. Sugeriu-lhe outros nomes: Lucas, Pedro, Paulo, Marcos, José, João, Mateus. Deu-lhe a ideia de um composto: Cícero e outro nome, talvez.

— De jeito nenhum! Será somente Cícero! — Resignado, Antônio aceitou a resolução da esposa, tão devota ao santo.

Recém-casados, moravam em uma casa pequena, de poucos cômodos, numa rua estreita e tranquila, próxima ao clube. Seus vizinhos eram parentes e amigos. Maria era a caçula de uma família com quatro irmãs e sete sobrinhas. Esperando o primeiro filho, o casal experimentava momentos incomuns de alegria e êxtase. Cuidavam tão bem desse sentimento que nada poderia dar errado. Numa tarde calma de domingo, ela bordava seu enxoval azul enquanto Antônio assistia ao futebol na televisão. Interrompendo seu jogo, perguntou se ela já havia pensado na possibilidade de o bebê ser uma menina. Serena, sem tirar os olhos do tecido no qual bordava, respondeu:

— Não. Vai ser um menino. Ô, Antônio, eu segui a procissão inteira, deixei minha carta nos pés do meu Padim Ciço. Tenho certeza que ele vai atender meu pedido.

Antônio impressionava-se com a vontade desmedida da esposa de ter um filho homem — e com a sua fé imensurável. Não tão devoto do santo quanto ela, temia por uma decepção. Em sua mente, já elaborava uma maneira de minimizar seu sofrimento caso nascesse uma menina.

Estavam tendo aquela conversa quando, de repente, um barulho estrondoso soou do lado de fora da casa. Foram à janela e viram um caminhão que desfilava pelas ruas da pacata cidade. Na boleia, um palhaço segurando um megafone anunciava com alegria a chegada do circo Magnífico. Crianças e adultos corriam em festa atrás do caminhão. Antônio, entusiasmado, chamou Maria para seguirem juntos o percurso, mas ela preferiu continuar a bordar o enxoval do bebê.

Antônio seguiu com a multidão, feliz da vida. O caminhão parou em um descampado próximo à igreja. Aos poucos, os paus de roda de sua tenda foram fincados ao chão e, sob os olhares curiosos, o circo se ergueu.

Todos os comentários da cidade voltaram-se para essa novidade. Nas praças, na igreja, nos bares, nas soleiras das janelas, entre a vizinhança, o assunto era a chegada do circo Magnífico e do palhaço Roger. A alegria rapidamente contagiou todos, evocando nos adultos o encanto de crianças. Curiosos, instigados pela comoção causada pela novidade, não saíam de perto do acampamento. Ofereciam aos membros do circo lanches, almoço, jantar e até moradia enquanto estivessem na cidade. As crianças procuravam uma pequena fenda para espiar o que acontecia no interior da tenda.

Foi nesse clima de entusiasmo que o circo estreou. A noite estava iluminada pela lua. As estrelas cintilavam no céu. Os moradores, perfumados e vestidos em seus melhores trajes, corriam, ansiosos e felizes, para o espetáculo. Antônio e Maria juntaram-se à multidão que formou fila em frente à bilheteria.

A tenda era circundada por uma arquibancada; no centro estava o picadeiro. Havia um pequeno palco onde se apresentavam o grupo de teatro e uma orquestra que animava a plateia. As pessoas chegavam com pipoca, algodão-doce e maçã do amor, num clima pueril.

Antônio e Maria sentaram-se bem próximos ao picadeiro para não perder nenhum detalhe. Ele estava em pleno êxtase quando as luzes se apagaram, os tambores rufaram e, com muito brilho e pompa, apareceu o palhaço Roger, anunciando o início do espetáculo. Ele usava um casaco preto grande, com colarinho frouxo, e calças coloridas com suspensório. Um chapéu coco, sapatos longos, maquiagem branca e nariz vermelho. Havia um mágico com seus mistérios. Uma garota dava duplo mortal e, em seguida, pegava uma flor com a boca. Malabaristas se arriscavam sobre cavalos, equilibrando pinos, e o anão andava de bicicleta sobre um arame. Em Missão Velha, não havia teatro nem cinema; o circo trouxe a sublimação da arte, transportando seus moradores a momentos de fantasia e alegria.

Para Antônio, o reencontro com o circo Magnífico, sobretudo com o palhaço Roger — que estava bem mais velho, porém com o brilho e o encanto de sempre —, foi muito importante. Muitos anos antes, quando ele ainda era jovem, esse mesmo circo estreara em sua cidade. Seu pai o levara para ver o espetáculo e, desde aquele dia, a apresentação do palhaço não tinha saído da sua mente. Em casa, imitava seu número em frente ao espelho e para os irmãos mais novos. Quando voltava da escola, sempre passava pela tenda e conversava com os integrantes do circo, demonstrando um interesse incomum. Um dia, Roger o chamou para entrar. Pediu-lhe que vestisse uma roupa de palhaço e um nariz vermelho. Colocou-o no centro do picadeiro e acendeu as luzes. Feliz, Antônio encenou um bonito espetáculo. Talvez esse tenha sido o momento mais sublime de sua vida. Até a surra que levou do pai nesse dia, por ter chegado em casa tarde para o almoço, deixando todos preocupados, não teve a menor importância. Porém, depois disso, seu pai, um homem rude e severo, não somente o proibiu de ir ao circo, como também passou a buscá-lo na escola.

Agora adulto e sem a intervenção do pai, Antônio visitava o palhaço Roger todos os dias após seu trabalho nos Correios. Essa amizade rendeu-lhe ingressos gratuitos, e ele pôde, junto com Maria, assistir aos espetáculos quantas vezes quisesse.

Depois de uma longa temporada, o circo despediu-se de Missão Velha. A última apresentação ficaria marcada para sempre na memória de Antônio. O palhaço Roger, no meio da sua exibição, o chamou ao picadeiro para fazer uma apresentação interativa com o público. Antônio sentiu-se lisonjeado. Emocionado, não escutou os tambores nem as gargalhadas da plateia; não escutou os aplausos nem a banda tocar, somente os batimentos do seu coração, num ritmo compassado de júbilo e felicidade. Realizou, por um instante, um sonho de infância guardado no local mais íntimo do seu ser. Na manhã seguinte, a tenda foi desarmada e o circo Magnífico partiu.

Maria estava com a barriga enorme e os pés inchados. Segundo os cálculos rigorosos das pessoas mais experientes no assunto, fazia tempo que vencera o prazo em que ela deveria dar à luz. Sua mãe dizia que a barriga estava muito baixa. As irmãs discordavam. Uma parteira conhecida da família dizia que o parto não passaria daquele dia. Todos davam alguma opinião. Antônio começava a pensar, aterrorizado, no que se avizinhava. Antes, Maria experimentara um sentimento de ansiedade concentrada não só no ato do parto em si, mas em conhecer a criança e saber seu sexo. Porém, agora, sentia-se perfeitamente tranquila e confiante. A consciência de que nascia nela um grande sentimento de amor pelo futuro filho e fé apaziguavam sua alma.

Todas as noites, ela colocava uma cadeira na calçada, onde reunia-se com vizinhos até tarde. E foi em uma noite assim que a sua bolsa se rompeu e começaram as contrações. Sentou-se com dificuldade no sofá enquanto Antônio, nervoso, corria de um lado para o outro preparando a bagagem da mãe e do bebê. Quando tudo estava pronto, Maria deu um beijo na estátua de padre Cícero, que ficava em um altar na entrada da casa, e saíram.

No hospital, ela sentiu uma dor tão forte que a fez crer na morte imediata. Deu gritos horríveis e reuniu forças para suportar novas dores. Tudo parecia sofrimento e bramidos, os quais foram suprimidos pelo débil grito do bebê. Estava cansada e fraca. Ofegante, com os olhos em lágrimas, perguntou ao médico se era um menino.

— Um menino forte e bonito! Como vai se chamar? — perguntou o médico.

— Cícero Sousa Costa! — respondeu, tão agitada que o médico se assustou e pediu que se acalmasse.

Erguendo as mãos ao céu num ato de agradecimento, Maria rezava e chorava.

Quando mãe e bebê saíram da sala de parto, Antônio já os esperava, ansioso. Abraçou a esposa e, tomando seu filho nos braços, sentiu-se verdadeiramente pai. Maria pediu-lhe que fosse logo ao cartório para registrar o menino.

Chegando lá, de súbito, Antônio ficou paralisado. Com os olhos semicerrados e meditativo, foi surpreendido por alguns pensamentos. Lembrou-se da esposa e do bebê, sentiu-se realizado e aliviado por ter nascido um menino. Olhou para o relógio: já era tarde. Entrou correndo no cartório, tropeçou no pequeno batente da entrada e foi ao chão. Ficou tonto, confuso. Em meio a devaneios, olhou para o lado e viu um cartaz rasgado e envelhecido do circo Magnífico pregado no muro do cartório. Veio-lhe à mente a imagem do palhaço Roger. Teve uma epifania. Ergueu-se, tirando a poeira da roupa com as mãos, e foi em direção ao escrivão. Estava tão ofegante que não conseguia nem falar. Jogou os documentos sobre o balcão. O funcionário, após analisá-los e ver do que se tratava, perguntou-lhe:

— Qual vai ser o nome?

Antônio, quase sempre pusilânime em suas decisões, dessa vez falou alto, gritando:

— Cícero Roger Sousa Costa — assustou-se consigo mesmo.

Todos os que estavam no cartório viraram-se para ele, que se retraiu, olhando desconfiado de um lado para o outro, sentindo-se culpado por um crime cometido. Voltando a si, perguntou:

— Desculpe, moço, posso mudar o nome?

— Agora é tarde, seu filho já está registrado.

PERFÍDIA
Clarisse Ilgenfritz

Para falar de Perfídia, preciso antes contar de Otacília e Deusdite.

Otacília estava casada com Deusdite havia dois anos quando engravidou, sem saber que ele, seu marido, não podia ser pai. Estava se encontrando comigo havia muito tempo e desconhecia o fato de que, havia muito mais tempo ainda, Deusdite já não produzia mais as suas sementinhas. Talvez mazela decorrente de uma doença grave, vai ver caxumba — imagino eu.

O fato é que Otacília não sabia que Deusdite não podia ter filho.

Por isso aquela reação do marido quando ela foi contar, toda mimosa, que em breve iriam ouvir passinhos pela casa. Foi realmente muito ruim — ruim como se ouvisse uma notícia triste, notícia de guerra ou de catástrofe nuclear, ou de extinção de animal silvestre, ou de derrota no futebol, ou de separação iminente.

Deusdite ficou com uma cara péssima quando ouviu a esposa dizendo:

— Estou grávida, amor!

E repetindo:

— Nós vamos ter um bebê!

E apelando:

— Você não vai dizer nada?

Deusdite não disse nada a Otacília, mas foi até ela, deu-lhe um beijo na testa e saiu da sala.

Dali para a frente, ele seguiu sendo um bom marido, sinalizou que seria um ótimo pai, acompanhou a esposa nos exames de pré-natal. Fez tudo direitinho. Chegada a boa hora, levou-a ao hospital, ficou esperando a filha nascer, ansioso. Levou charutos, fumou um. Depois levou a esposa de volta para casa, agora com a filha nos braços. Deixou as duas dormindo e foi ao cartório da cidade, caminhando sob o sol fraco da manhã.

— Quero registrar uma filha.

O atendente ajeitou a papelada, perguntou informações, anotou dados e perguntou:

— Qual vai ser o nome da criança?

— Perfídia. Perfídia Magalhães... Perfídia.

O rapaz do cartório ouviu e sacudiu a cabeça, pensativo, talvez imaginando que aquele nome lhe soava estranho ou familiar, mas que não era de todo feio. Acho que ele achou interessante. Suntuoso, quem sabe.

Saindo do cartório, Deusdite foi direto para a rodoviária, e de lá ninguém mais soube nada da vida dele. Nem Otacília, nem Perfídia, nem eu, nem mais ninguém. Ninguém mais soube absolutamente nada de Deusdite Magalhães.

Perfídia cresceu longe do pai oficial, mas bem próxima do pai biológico, que sou eu.

Sim, pois eu me acheguei a Otacília quando ela ficou sozinha com uma bebê para criar. Eu sabia que a criança era minha, e sabia que o marido dela não podia ser pai, porque depois que Deusdite deixou a mulher essa notícia se espalhou, um pouco como boato, um pouco como certeza. O fato é que àquelas alturas toda a cidade já estava sabendo que a filha era minha. E que agora a mulher também.

Durante toda a infância de Perfídia, houve uma nuvem de desconforto pairando sobre a cabeça da menina. Sobre as nossas cabeças. Otacília e eu estávamos sempre próximos de Perfídia. Acompanhávamos o seu crescimento, as sequências de descobertas, os entendimentos crescentes, os desentendimentos esperados e inesperados. Diante da maioria das coisas, nós realmente não sabíamos o que fazer.

O nome Perfídia não é o problema em si, eu acho. O problema

apareceu — em todo o seu esplendor — quando a menina começou a ter o entendimento do significado do nome, do seu histórico de vida familiar, onde se destaca uma traição. Uma bela de uma chifrada. Eu sei porque eu estava lá.

Aos treze anos, Perfídia chegou na sala, ergueu o queixo em desafio e disse:

— Já sei por que meu pai me deu esse nome.

Otacília e eu nos olhamos, cúmplices sempre e ainda. Mas não falamos nada. Perfídia, assim como entrou, saiu falando, o queixo erguido.

— A culpa é de vocês, eu sei disso.

Aos dezessete, ela entrou novamente na sala e disse:

— Vou em busca do Deusdite.

— Pra que mexer no que está quieto? — perguntou Otacília.

— Vou em busca do pai que me registrou como filha.

— Isso foi só para me provocar, Perfídia!

— A senhora fez por merecer. Eu que não merecia. E não mereço. Carrego este nome desde sempre e chegou uma hora que pesou demais. Está decidido. Eu vou olhar na cara de quem me fez Perfídia, eu vou buscar uma resposta qualquer, e vou fazer isso agora.

Perguntei-lhe onde ela iria começar a procurar, afinal já iam dezessete anos desde o sumiço de Deusdite. Onde procurar? Perfídia olhou firme nos meus olhos e saiu da sala, decidida, o queixo apontando a saída. Dois dias depois, ela me apareceu com um mapa e três pontos marcados, todos inseridos em um raio de quinhentos quilômetros ao redor da nossa cidade.

— Vou nessas três cidades. Tem um Deusdite Magalhães em cada uma.

Ofereci-me para dar-lhe carona de carro nessa estranha expedição, lógico, mesmo porque também precisava tranquilizar Otacília, e a menina estava mesmo decidida a viajar. Soube ali que essa seria a melhor maneira de resolver o impasse. Eu era o pai daquela garota teimosa. Eu tinha que ajudar.

Saímos na manhã seguinte rumo à primeira das três cidadezinhas marcadas no mapa, em busca de um homem chamado Deusdite.

Deusdite Magalhães... Deusdite. Um nome que pode ser tanto de homem quanto de mulher. O nome do homem que deu o nome para a minha filha. E que a chamou de Perfídia.

Saímos de manhã cedo, antes mesmo de Otacília acordar. Evitaríamos, assim, a pesada chatice das despedidas, sempre tão amarradas, ancoradas, banais, repetitivas. Melhor evitá-las, sempre.

Na primeira cidade, encontramos rapidamente o primeiro Deusdite. Que não era *o*, era *a* Deusdite. Sim, era mulher, e era a dona da lanchonete da escola do município. Lanchamos lá mesmo, Perfídia olhando e olhando para a dona Deusdite, que lá no fundo, entre a chapa quente e a gavetinha do caixa, de vez em quando levantava os olhos e a encarava por riba dos óculos.

Na segunda cidade, houve uma certa polêmica em relação ao gênero de Deusdite — que já não morava naquele endereço havia uns dez anos ou mais. (Pensando agora, talvez esse/essa Deusdite da segunda cidade tenha sido no passado o mesmo Deusdite que descobriríamos na terceira cidade, no presente, no futuro próximo. Enfim. Que enrolada.)

Como já estava escurecendo, achei melhor dormirmos na segunda cidade.

Optamos por passar a noite no hotelzinho do posto de gasolina que ficava na beira da estrada. Ali mesmo no posto tinha uma lanchonete. A gente podia comer, descansar e abastecer o carro, enfim. Fomos, cansados, cada um para o seu quarto — nem vou descrever essa desgraça, só digo que o lugar era horrível e que nem que me paguem eu passo outra noite num hotelzinho desses de posto de beira de estrada. Nem por nada.

Na manhã seguinte, Perfídia me esperava com um copo descartável de café e um pão meio mole, meio duro, com um pouco de margarina. A caminho da terceira cidade, a garota estava ansiosa e não conseguia parar de falar, ou de pensar alto. Eu ouvia quieto, focado na estrada.

— Eu cresci querendo saber por que ele me batizou de Perfídia. O que foi que eu fiz, o que foi que aconteceu? Eu quero saber se esse Deusdite me deu esse nome sabendo do significado ou se é um imbecil, um burro, um analfabeto. Vou olhar nos olhos dele e vou saber. Ele é vingativo ou é só idiota? Nem sei o que é pior. Só sei que eu quero muito olhar na cara dele, meu pai de ofício e cartório, e ver o que se passa. Eu juro que não sei nem se sinto raiva dele, eu...

Perfídia falava essas coisas para mim, eu acho, mas não me olhava no rosto. Falava olhando para o arredor mais próximo, para as próprias mãos, para o painel do carro, ou no máximo para a janela, para a paisagem riscante da velocidade na estrada.

E assim chegamos na terceira cidade.

O endereço nos levou até uma pequena livraria no centro. Na fachada, lia-se: Deusdite Livros & Cia.

Como se pode ver, Deusdite não estava se escondendo. Alguém se esconderia sob um letreiro com seu nome na porta?

Perfídia sentiu-se ludibriada pelo destino, tipo a última a saber. Corna.

Entramos na livraria e percebi que eles se reconheceram no instante em que se viram, no exato instante em que trocaram olhares. Foi zás! Impressionante.

Talvez Deusdite a estivesse acompanhando, de longe, para se reconhecerem assim, tão de imediato, depois de tanto tempo. Não sei. Só sei que eles se olharam de tal forma e com tal intensidade que todos ao redor — umas oito ou nove pessoas, contando comigo — ficaram todos como que tocados.

— É você o Deusdite?

— Sou sim, Perfídia.

Todos que estávamos ali paramos e olhamos e ouvimos, porque não havia como não o fazer. Havia uma eletricidade no ar. Deusdite e Perfídia se olhavam profundamente, se mediam inteiramente. Era como se os olhos daqueles dois estivessem trocando códigos secretos. E eu, que era o pai biológico da menina Perfídia, eu, que era o cara do DNA, eu estava ali, deixado pra lá, superado, alheio, ultrapassado, esquecido, desnecessário, preterido. E mordido de ciúmes.

Jamais havia me sentido tão absolutamente traído.

NOME DE POBRE
Cupertino Freitas

As palavras que ouvi de tia Lenita mais cedo, quando a deixei no aeroporto, ecoavam em minha cabeça: "Termutes arranja jeito pra tudo. Converse com ela quando for levar meu documento. Acho que ela pode resolver sua questão".

Eu estava agora no luxuoso escritório de Termutes Perrone, entregando-lhe uma procuração para a venda da casa de praia de minha tia. Com gestos exuberantes e uma voz grave, intimidante, a advogada pegou o papel e me agradeceu com simpatia forçada, sem perceber meu alto grau de ansiedade.

Titubeei, quase dei as costas, mas respirei fundo e indaguei:

— A senhora já cuidou de algum caso de cliente que queria mudar de nome?

— Já. Tive uma cliente, o nome era Abovacir. Imagine crescer com o nome de Abovacir.

— Realmente!

— O pior é que os pais a chamavam carinhosamente de Bova. Ou Bovinha. Sofria um *bullying* terrível na escola, a coitada. Cada apelido mais cruel que o outro: Bovina, Avacacir, Churrasca...

Noutros tempos, teria me acabado de rir com esse apelido de Churrasca. Mas eu andava abatido demais para achar graça desse tipo de coisa.

— E deu certo? Ela conseguiu mudar?

— Em quatro meses resolvi tudo. Tudo! Hoje ela se chama Conceição. Mas posso saber por que a pergunta?

Um amigo ou uma amiga querendo mudar de nome?

— Sou eu mesmo. Eu que estou pensando seriamente no assunto.

— Mas você tem um nome lindo, menino! Não gosta do seu nome?

— Nunca fui fã. E agora, neste exato momento, eu detesto.

— Na sua idade, eu também odiava o meu. Hoje, adoro! Você tá dizendo que, neste momento, detesta seu nome. Deve estar aflito, lidando com outras questões, aí pensa que mudar de nome vai resolver tudo. Pense com calma, não decida nada por impulso, com raiva. Daqui a uns dois ou três meses, se ainda estiver com essa ideia na cabeça, marque uma hora com minha secretária pra gente conversar. Mas vou logo avisando que é complicado. Mudar um nome bizarro para um normal é fácil. Mas um nome lindo como o seu, nome de rico...

Fazia sentido. Muita gente tem trauma por ter o nome associado a feiura, pobreza ou breguice. Muitos penam por ter o nome extravagante ou associado ao gênero oposto. A mudança, nesses casos, vem estancar um sofrimento infligido por uma escolha infeliz dos pais.

Meu problema era diferente. Eu tinha um nome pomposo, pretensioso e que me destacava de uma forma que não me interessava: ser identificado como membro de família abastada. O sobrenome comprido, notoriamente burguês, Monforte de Figueira, me soava inconveniente; entregava que eu era herdeiro de megaempresários — o futuro dono de uma cadeia de *shopping centers*. Isso me incomodava um tanto. Mas era o nome que realmente me angustiava: César Augusto. Nome bonito, perfeito, de menino criado à base de leite com pera. Nunca o aceitei como meu.

Sempre fui um privilegiado, um felizardo em bens, inteligência e amor. Tudo me foi oferecido às pampas, em excesso, desde cedo. Como é que eu ia falar pra alguém sobre uma questão tola e tacanha como um nome com o qual eu não conseguia me identificar? Por isso, guardei esse desconforto comigo em segredo absoluto. Durante anos!

Oito meses antes da minha ida ao escritório de Termutes Perrone, tinha conhecido Severino na faculdade. Aluno de família humilde, diretor do Centro Acadêmico, engajado, politizado, um cara que era o meu oposto. Veio no fim do primeiro dia de aula, deu boas-vindas a nós, calouros, e falou sobre questões relevantes que estavam sendo debatidas no momento. Terminou a palestra e eu senti vontade de me inteirar mais sobre as atividades do Centro. Ele pediu para eu dar uma passada na sede do diretório no outro dia, antes da aula; estava atrasado, tinha que percorrer as outras salas.

— Beleza, então.

— Aparece mesmo. Boa noite.

— Boa noite, Severino.

Abri um sorriso amarelo e, do nada, um nó me apertou a garganta. Saí o mais rápido que pude para chorar à vontade dentro do carro, no estacionamento. Chorei copiosamente.

A partir de então, minha vida virou do avesso. Comecei a ter insônia, fastio, fui tomado por uma tristeza imensa. Tornei-me um estudante relapso, comecei a beber e a afundar numa melancolia que não me dava trégua.

Meus pais vieram falar comigo na minha festa de aniversário de dezoito anos — eu estava completamente chapado. Perguntaram se eu não queria ir a um psicólogo. Eu disse que sim. Achava que estava ficando louco.

Fui a duas psicólogas. A primeira só tomou notas e não me disse palavra. Abominei a experiência. A segunda me colocou para fazer psicodrama e me fez reviver o momento em que, aos oito anos, meu pai e minha mãe me revelaram, juntos, transbordando de carinho, que eu tinha sido gerado por meio de fertilização *in vitro* e gestado na barriga de tia Lenita, porque o útero de mamãe não tinha capacidade de me segurar. Reviver essa experiência foi emocionante. Derramei algumas lágrimas e a terapeuta me deu um abraço apertado. Fiquei aliviado.

Foi um alívio passageiro: a dor na alma voltou forte, dilacerante.

Tia Lenita chegou da Suécia e encontrou um sobrinho zumbi. Semanas antes, eu havia iniciado, a contragosto, um tratamento com antidepressivo. Fiquei contente de reencontrá-la. Embora a gente tenha se visto pouco ao longo dos anos, gostava demais de sua companhia. Tínhamos uma ligação muito especial, quase tão forte quanto a que eu tinha com mamãe. Sentia uma imensa gratidão por ela ter me guardado em seu útero e falava para quem quisesse ouvir que tinha sido a magnanimidade de minha tia lésbica que me permitira vir ao mundo.

Tia Lenita mudou-se para Estocolmo quando eu tinha um ano e pouco. Vinha ao Brasil uma vez a cada três anos, passava alguns dias em sua casa de praia e depois retornava para a Europa.

A casa, que ela dizia ter usado muito no passado com sua antiga companheira, Ester — morta num acidente de carro um mês antes de eu nascer —, ficara subutilizada por anos. Alguns amigos da Escandinávia vinham passar temporadas. Hospedei-me lá algumas vezes com colegas de escola. Mas passava meses e meses fechada e estava bem deteriorada, e por isso tia Lenita resolveu vendê-la.

O seu último final de semana no Brasil ela quis passar comigo, na praia. Só nós dois. Na volta, eu a deixaria no aeroporto e depois levaria a procuração assinada para entregar a Termutes Perrone.

Assim que chegamos, fomos comer uma peixada. Tia Lenita viu que eu estava cabisbaixo, sem graça, mas não perguntou nada, como era de seu feitio. Enquanto esperávamos o prato, tomei a iniciativa de falar sobre minha aflição.

— Não sei o que está acontecendo comigo, tia. Tudo parece que desmoronou. Ruiu, assim, do nada. Eu estava levando as coisas de boa como sempre, achando tudo ok, satisfeito por ter entrado pra faculdade. Aí aparece um cara na minha frente e eu caio no choro.

— Um cara?

— Severino. Gente fina. Falei com a psicóloga e ela perguntou se eu me senti atraído por ele, esse tipo de coisa. Mas não tem nada a ver.

O olhar de tia Lenita murchou. Seus olhos ficaram marejados.

— Era como Ester chamava você, em tom de brincadeira. Toda noite, antes de dormir, ela conversava um pouco com você, alisando e beijando minha barriga, e antes de dormir dizia: "Boa noite, Severino".

Um frio ártico percorreu minha espinha. Tia Lenita continuou:

— Durante os oito primeiros meses de gestação, você teve esse nome. Aí Ester morreu de repente e eu pedi à sua mãe para fazer uma homenagem a ela, registrando você como Severino. E esse quase foi seu nome mesmo, porque seu pai comprou a ideia e sua mãe disse que não tinha nada contra. Mas aí ela voltou do cartório com o nome de César Augusto na sua certidão de nascimento. Disse que pensou melhor e resolveu que não ia colocar no filho um nome de pobre.

Segui o conselho de Termutes Perrone. Não deixei a ansiedade e a raiva falarem mais alto; deixei o tempo passar. Aos poucos, os sentimentos atribulados abrandaram. Mas não a certeza do que eu queria. Faz pouco mais de um ano que estive no seu escritório pela primeira vez. Hoje de manhã, exultei quando falei com sua secretária nova ao telefone:

— Por favor, diga a Termutes que o Severino ligou.
— Quem?
— O César Augusto Severino.

POR ÁGUA ABAIXO
Dauana Vale

A moça queria porque queria casar. Estava com tudo planejado. Desistiu da benção do pai e arquitetou um plano de fuga.

Francisneide e Francisnildo se conheceram na feira de Vila Coutinho. Ela vendia ovos e galinha caipira com sua mãe; ele, cheiro-verde com um tio de terceiro ou quarto grau. Após três feiras seguidas de olhares e sorrisos, vieram as cartas e os encontros no Beco da Toinha.

— Quarta-feira, hein, Francisnildo?

— Sim. Quarta-feira eu te espero em Milagres.

— E se chover? — era inverno, e nessa época a cidade ficava um aguaceiro só.

— Vai ter alguém te esperando pra atravessar o rio, Neidinha.

Francisneide não entendia os motivos da proibição do casório com o *seu* escolhido. Seu pai dava-lhe um sonoro não e nada além. Sua amiga Eucleia era quem levava e trazia secretamente as cartas do casal, pois ia à vila duas vezes na semana. Foi também Eucleia que a ajudou no dia da fuga: ficou no canteiro ajudando Dona Silvaneide, puxando assunto sem nó para distraí-la, enquanto a noiva escapava, não sem antes fazer uma oração de joelhos e dar três pulinhos sabe-se lá pra quê.

— Fez promessa, Neidinha?

— Pai? — perguntou assustada.

Dificilmente seu pai estaria em casa naquele horário, porque sempre estava atendendo os clientes na mercearia que vendia café torrado e moído na hora. Pega de surpresa, foi até a cozinha, bebeu um copo d'água, esperou para saber qual era a dele e, num susto, deixou um rastro de poeira nas ruelas de chão batido. Caminhou até a casa do Mikarraquinem, um amigo que também estava a par do plano e a esperava para levá-la de moto à ponte do Canto Verde. Só não esperavam que o veículo ficaria no prego no meio do trajeto.

— O que houve, Mik?

— Sei não! Moto velha às vezes faz manha.

— Vamos dar um jeito, porque a esta altura já devem ter dado por minha falta — disse Francisneide, olhando para o céu, que naquele momento se pintava de cinza.

Mikarraquinem não entendia nada de mecânica de motocicletas.

— Não vou esperar aqui sentada, não, Mik! — falou bem alto, enquanto saía caminhando.

— Peraí! Aonde você vai?

— Eu? Vou casar, meu filho. Eu vou casar!

Os dois seguiram a pé, Mik empurrando a moto com esforço. Tentaram apressar o passo antes de a chuva cair, mas não teve jeito. Um toró desabou sobre a terra já molhada de inverno. As passadas ficaram lentas, mas foram suficientes para levar a noiva até a ponte do Canto Verde. O lugar estava simplesmente inundado pelo aguaceiro.

— Eita! E agora, mulher?

— Vou enfrentar.

— Isso é muita loucura! Dorme por aqui. Amanhã estará mais calmo.

— De jeito nenhum! Vou chegar hoje em Milagres.

A Desterro, amiga de outros tempos, apareceu com seu irmão Naftali. Fizeram de tudo, mas não conseguiram atravessar a correnteza, com corda ou sem corda. A moça estava apavorada. Estaria o noivo desesperado pela falta dela no local combinado? Francisneide pousou na casa de uns conhecidos de Canto Verde e, antes mesmo do fim da tarde, cutucou Mikarraquinem, Desterro e Naftali para seguirem à ponte. Dessa vez, foi possível fazer a travessia.

— Francisneide! Volta aqui!

O susto com o grito do pai foi tamanho que a noiva quase se solta da corda no finalzinho do percurso. Não olhou pra trás. Seguiu encharcada e entrou com tudo na boleia do caminhão que levava uma carga de gente e de porcos. Até Milagres foram dezenove quilômetros.

Francisneide desceu no Centro e, de porta em porta, buscou pelo noivo. Ninguém tinha notícias para dar. Ninguém conhecia Francisnildo. Buscou na padaria, no bar, no mercado.

— Nunca ouvi falar! — disse uma senhorinha na calçada dos Correios.

Francisneide já estava azul de fome, mas não desistiu da busca. Teve a ideia de ir à radio local fazer um apelo ao vivo. Disse que o esperaria no cartório. E foi lá que a noiva deu de cara com o amado.

— Pensei que tinha desistido, Neidinha!

— Desistir é um verbo que eu desconheço.

Entraram no cartório e apresentaram os documentos.

— Joaquim Costa e Silva.

Francisnildo foi ao encontro da funcionária que o havia chamado. Assinou os papéis e chamou Francisneide para fazer o mesmo.

— O quê? Joaquim?

— É. Esse é o meu nome de registro.

— Caso não!

— Tá doida, mulher?

— Com um cara chamado Joaquim? De jeito nenhum!

"COM AMOR, MÁRCIA"
Fátima Gondim

Carlos prendeu a respiração quando viu a mulher à sua frente escrever com uma letrinha miúda e bem desenhada: "*Com amor, Márcia*".

Minutos atrás havia passado por ela, que, de costas, pegava na prateleira um livro a mais, além de dois que se desequilibravam em seus braços. Não havia distinguido bem sua fisionomia e resolveu segui-la. Esperou que saísse do caixa e posicionou-se bem atrás dela na fila de embrulhos para presentes.

O nome e a caligrafia acionaram os circuitos devidos na memória: como não a reconhecer? Márcia? Ela se virou e ele pôde ver suas pupilas expressivas buscando na linha do tempo a imagem à sua frente. Carlos?

Alguma coisa aconteceu no coração. Um ínfimo som em descompasso se misturou aos relatos, às vozes e às indagações. Por alguns minutos, se atualizaram, selecionando as verdades a serem expostas.

— Você ainda escreve, virou escritora?

Um filme perfilou suas imagens em uma velocidade assustadora. Um sinal. A sinalização.

— Ainda lembro dos seus bilhetes, letra miúda bem desenhada... sempre a mesma dedicatória... me marcaram muito.

Uma comunhão distante, buscando a autenticidade da história no momento presente.

Lembranças dominam seus pensamentos e reavivam a memória com tudo que ficou parado no tempo. Um lapso de quatro décadas. Uma vida. Ela escuta e fala como se não fosse ela. Ao buscar as conexões que poderiam explicar o torpor, surgiu na mente que seus bilhetes sempre se encerravam da mesma forma: "Com amor, Márcia".

Voltou a si rapidamente e articulou uma resposta rápida, como se as palavras queimassem a língua:

— Não escrevo mais. Só coisas técnicas.

— Pois volte a escrever — disse ele. — Seus escritos me marcaram. Volte. Volte a escrever.

Uma leve embriaguez dos sentidos embaralhou o fluxo normal das palavras. Ela buscava, aflita, encerrar o encontro. Despediram-se. Separados, o nome continuou a reverberar na consciência.

Despediram-se com os números anotados e sem promessas. Ele morava em outra cidade, em breve retornaria. Sentiu-se entrando no túnel onde um redemoinho a empurrava para o olho do furacão. Havia muito as recordações não lhe enchiam o peito de emoção. E o que vivera com ele não poderia se chamar de uma grande paixão. Pelo menos, pensara assim até esse dia do reencontro. Eram almas do mesmo naipe, tinham dividido alguns sonhos, compartilhado a brevíssima sensação de torpor de jovens corações apaixonados. Poderia um sentimento tão breve e antigo permanecer aceso depois de 43 anos?

Um desconforto amigável se instala. O que escrevera ao ponto de marcá-lo até hoje? Que olhar é esse que reaviva minhas inquietações soterradas? Teria o tempo o condão de esquecer e reaquecer as chamas ao seu bel prazer?

No domingo todos os sabores são fortes. Tem um tempo para si mesma que torna o dia indolente e colorido.

Teriam as mulheres uma afinidade suprema com ilusões duradouras? — pensou ao acordar, radiante, naquele domingo, em que, nada tendo a fazer, poderia se entregar às lembranças. Dispunha de uma hora de caminhada para pensar no reencontro. O espaço para tais devaneios a tornou leve e cheia de energia. Caminharia além de sua metragem normal, tempo suficiente para pensar em todos os laços.

Quase no automático, vestiu o surrado *shorts* verde e uma camiseta qualquer e se entregou à caminhada.

O mar refletia o sol como todos os dias, mas neste, em especial, brilhava como lurex. Concentrada em seus pensamentos, não percebeu nem o tempo nem o espaço que percorrera. Refez todos os caminhos que a conduziram a hoje. Já eram nove horas da manhã e o estômago reclamava o abandono ao nada e sua obsessão pelos pensamentos que só alimentavam a mente e a alma.

Chegou em casa faminta. Coou seu kefir e o misturou com um copo de iogurte desnatado, branco, cremoso, derramando-o sobre a colorida salada de frutas que fizera na véspera. Foi como se ocorresse uma avalanche de neve, cobrindo tudo, matando, para fazer renascer. Estava gulosa. Há muito não comia uma salada tão gostosa.

Tão logo satisfeita a fome, os pensamentos voltaram. O que mais chamara sua atenção fora como ele lembrava das frases nos bilhetes e de sua caligrafia, e sua insistência para que voltasse a escrever. Para ela, coisas singelas, escritas ao atropelo das emoções, como quem deseja seduzir pela exuberância do pensamento. Por que isso era tão importante para ele? Esse elo que se firmou a partir de sonhos tão distantes criou raízes em seus pensamentos. Venceria o temor de conhecê-lo? O que teriam vivido teria ainda algum frescor capaz de envolvê-la em uma paixão?

Mergulhou profundo em 1974, quando se conheceram no clube. Jogavam pelo mesmo time e daí começaram um namoro, mais por obstinação dela, que se encantava a cada encontro por sua agilidade mental e sua maturidade, apesar de ser dois anos mais novo. Até que enfim alguém para conversar e compartilhar suas leituras, suas dileções. Mas, com o tempo, foi vendo o quanto era difícil a aproximação. O namoro se resumia a troca de textos, alguns beijos e nada mais. Um sentimento de que partilhavam dos mesmos quereres, apesar de tão pouco saberem um do outro. Ele sempre vibrante, mas distante. Ela cada vez mais atrevida e desconfiada de que nada iria para a frente daquele jeito. Por que ele temia tanto o namoro? Na sua ingenuidade, sua condição social não seria empecilho, afinal era um rapaz brilhante.

No dia seguinte, sua curiosidade estava em alta. O que este cara se tornou? Me aparece do nada. Para o nada se vai. Ressurgiria do nada, novamente.

Passou um WhatsApp:

Márcia: Olá, Carlos, sou a Márcia, nos encontramos ontem na livraria, lembra?

O coração de Carlos disparou ao ver o nome na tela do celular.

Carlos: Márcia, bom dia. Claro que lembro, aliás, caminhamos quase lado a lado na beira-mar ontem.

Márcia, surpresa: Por que não falou comigo?

Carlos: Não falei pra não incomodar. Até as coincidências podem ser excessivas, kkk.

Márcia: Você viaja quando?

Carlos, de pronto: Volto amanhã, mas estarei aqui em julho.

Márcia, juntando toda a coragem e vencendo a timidez: Vamos esperar nova coincidência ou podemos tomar um café no seu retorno?

Carlos, de imediato: Com certeza! — *E, continuando a conversa sobre a escrita*: Olha, tem uns cursos de literatura interessantes. Se aprende a ler melhor identificando as técnicas do autor. Vê-se a criação de cenários e a construção dos personagens com a manipulação de várias vozes. Principalmente, se constrói um narrador com vários recursos. Você adoraria. Um bom enredo é indispensável. Márcia, acho que chegou o tempo de se assumir como escritora, mesmo que amadora.

Ela, diante da insistência dele, não sabia o que dizer, e apenas digitou: Você é um incentivador.

E ele continuou: Você tem fluidez. Sonoridade. Na adolescência jorrava...

Ela ficou em silêncio, queria pensar. Demorou um dia para enviar a resposta, tempo suficiente para deixar Carlos desesperado. Seu coração pulsava forte sempre que via o nome dela na tela. Vinte e quatro horas sem sentir Márcia seria impossível.

Márcia: Sinceramente, não vejo em mim essa vocação. Sinto mesmo é uma inveja intensa da felicidade que a escrita dá aos que a dominam e são por ela dominados.

Carlos: Algo inconteste mexe seu interior inconsciente, e isso precisa de uma expressão como meio de apaziguar a energia. Você tem sonoridade. A pulsação melódica é impune ao tempo. Não pare. Tente. Caminhe sem pretensões. Elas haverão de se acomodar nas entrelinhas da escrita.

Sentindo que deveria mudar de assunto para o que a interessava, ela escreveu: Carlos?

Carlos: Sim, quer algo?

E ela prontamente aproveitou: Quero, mas não sei se tenho o direito.

A resposta foi encorajadora: A extensão dos passos dados na vida não permite cerimônias a velhos amigos que um dia se encontraram em tenra idade cheia de sonhos. Guardo lembranças muito especiais de você e de seus bilhetes que muito me marcaram. Sempre escritos em letrinhas impecavelmente diminutas e arrematados com sua inconfundível assinatura. Verdade.

A curiosidade permanecia, e Márcia continuou: Como velha amiga, tomei a liberdade de querer saber mais sobre você. Afinal, quando nos encontramos só falei de mim. Descobri que só sei seu nome e que as sensações que guardo de nossas conversas são muito boas. Lembro que trocávamos coisas escritas e que você me incentivava. Lembro-me de que tinha o mesmo ar de hoje. Um certo afastamento reflexivo de quem escuta, analisa, digere e devolve tudo numa embalagem de palavras generosas.

Carlos: Márcia, mudei pouco. Mas compreendo-me mais. Acolhi-me com mais afeto. Sou mais generoso com minhas fragilidades. Mantenho alguns medos infantis. Obviamente sou mais forte pelos grandes sofrimentos interiores. Tenho uma alma ilusória ainda não digerida pelo tempo. Resta-me algum tempo para me encontrar. E a vida continua de mãos dadas com os sonhos, agora mais difusos: mais formatados às desilusões. Mais unificados com o pingar do tempo. Procurei ver. Acho que vi um pouco mais que a média de minha geração. Nem por isso acho que fui mais feliz. Não é o ar que continua o mesmo. É a alma atrelada ao coração.

E assim, foram atualizando suas vidas por mensagens. Até que ele expressou um desejo.

Carlos: Preciso te encontrar, tenho uma dívida com você.

Um dia, depois de dias de silêncio, Márcia recebeu mais uma mensagem.

Carlos: Bom dia, Márcia. Veja algumas pérolas de seus bilhetes, razão pela qual deve se libertar do medo da escrita pública. "Por que fugir do amor, se ele só pede reciprocidade?" "Fugir do amor é fugir de si mesmo. É criar um mundo interior sem sustentação." "Por que se isolar, se o amor existe para dar-se as mãos e caminhar juntos?".

E ele acrescentava detalhes: Tudo escrito em folhinhas pequenas. Enumeradas. Numericamente identificadas em frente e verso. Devidamente assinadas: *Márcia*. Com letras que exalavam o fluxo expresso de um coração juvenil urgente.

Quanta vergonha Márcia sentiu ao ver seus escritos pueris assim expostos e entrelaçados nas lembranças dele. Não haveria uma ética para "cartas guardadas"?, pensou. Apesar de descontextualizadas, as frases mantinham essência e frescor e ela se lembrava exatamente do momento em que as escrevera. Mas porque guardá-las por tantos anos? Qual a extensão e qual a profundidade desse sentimento?

Finalmente, marcaram um dia em que ele estaria na cidade e poderiam se encontrar para um café.

Entre pegá-lo no aeroporto e entrar no café, não foram mais que trinta minutos. Afinal, era um domingo à tarde. Ela havia passado dias programando onde "a dívida seria paga". Que roupa usar? Teria que ser um lugar bom para conversar. Haveria lágrimas? Improvável, tantos anos de distância das emoções originárias.

Já no trajeto do aeroporto ao café, Carlos voltou a falar sobre como seria bom ela voltar a escrever.

Márcia, meio sem jeito, afirmou:

— Acho que não tenho talento e que só escrevi esses bilhetes movida pela paixão. Não lembra como eu era apaixonada?

— Nunca esqueci. Ficou algo não dito naquele torpor da adolescência. Algo não explicitado, consequentemente não compreendido. Por isso insisti em nos encontrarmos novamente.

E foi direto ao assunto, depois de escolher o vinho e alguns petiscos:

— Eu não tinha como assumir nosso namoro naquela época. Tinha uma imensa vergonha de ser pobre, arrimo de família e nutrir na alma as diferenças sociais ampliadas e incutidas pela minha mãe. Você representava o abismo da minha dor social. E, ao mesmo tempo, a ponte que questionava a dor através de seu amor incondicional, que à época não tinha noção da grandeza.

Entre uma taça e outra, acrescentou:

— Eu morei pobremente quase ao lado do Imaculada e sabia o contraponto social que fazia em relação aos outros colégios. Muita loucura na cabeça. Noites insones. Um amor febril impossível. Meu amor foi amordaçado. Socado. Engolido cru sem mastigar.

Aos poucos ela foi conhecendo o quanto fora importante para ele. O quanto aquele desejo tinha ficado recalcado no tempo, repetindo-se em todos os relacionamentos que se seguiram. Alguns outros amores vieram e de todos ele fugira com os mesmos medos e inseguranças; limites emocionais fortíssimos e dramas familiares que ela jamais imaginaria à época.

A conversa evoluía e delineava como as frustações e dificuldades foram lhe moldando o caráter, deixando-o irônico, inseguro. A tal insegurança que não permitiu que o namoro florescesse. Muitas dúvidas e a certeza de que não seria capaz de vencer o abismo social.

Ele falava lentamente, tornando a gagueira de infância quase imperceptível. O tempo lhe tinha feito bem, ela reparou. Estava mais gordo, mas a pele era viçosa e os cabelos grisalhos, sempre abundantes, lhe caíram bem, emprestando aquele ar de experiente homem de meia-idade.

Combinaram de jantar no dia seguinte. Seria um jantar de segunda-feira, daqueles que se pretendem breves. Ela o pegou às 7h no *flat*, pensando: para onde vou levá-lo? Será que gosta das mesmas coisas que eu, será que acertaremos o vinho? Escolheu um restaurante bem aerado dentre os poucos que conhecia. Afinal, levava uma vida sossegada... ansiava por conversar mais um pouco, buscando as emoções perdidas, tentando reconectar-se com seus sonhos de juventude e descobrir o que deixara para trás. Haveria tempo ainda para novas experiências que a levassem para mais perto de si? Seria esse encontro um elo consigo mesma ou estaria buscando um sonho como fonte de renovação do seu coração?

Enquanto ele falava, ela reparava em suas mãos. Mãos grandes de goleiro. Um goleirão que muitas vezes salvou nosso clube de derrotas. Como seriam essas mãos em carícias? Expressariam toda a angústia e a insegurança da juventude ou seriam febris como seus textos?

Em dois meses que antecederam esses encontros, trocaram dezenas de textos. Discutiram um a um, como faziam quando jovens. Escreviam versos juntos, alternando frases. Curiosamente, ele escrevia sempre no feminino, procurando expressar-se como se fosse ela.

À medida que os encontros aconteciam e a intimidade avançava, foram se conhecendo cada vez mais. O bilhete inesquecível deu-lhe a segurança necessária para seguir em frente e tornar-se mais forte, mesmo que nunca tenha conseguido viver seus amores inteiramente, pois, na hora H, sempre surgiam o fantasma do fracasso, o medo e a insegurança, marcas indeléveis e frutos das privações que sofrera.

Certo dia, entraram em um restaurante próximo ao mar para uma água de coco e alguns petiscos. Sentaram-se no fundo, mas sem perder a vista do sol que partia naquela tarde de céu sem nuvens e de muita maresia.

— Agora, você já sabe — disse Carlos — que tive alguns amores depois de você, mas todos foram abandonados no ápice da paixão. Nunca me senti capaz de assumir um relacionamento para sempre. Todas quase-amantes, quase-esposas, quase-namoradas.

Sim, pensou ela, e como eu, todas leitoras vorazes dos maravilhosos textos que escrevia. Pelos textos, Carlos mantinha acesa a chama dos sentimentos que, ao mesmo tempo, foram fonte de alegria e angústia. Compartilhar com seus ex-amores seus sentimentos mitigaria a frustação de não os ter vivido plenamente?

Enquanto Márcia digeria sua ínfima participação nessa corrente de amores irrealizados e o quanto se enganara em sentir-se tão especial para aquele rapaz, seu lado racional pensava: mas que diferença faria ter sido especial ou não? Não era tão bom ter uma vida animada por esses desconhecidos caminhos que se abriram?

Com o sol que se despedia, uma luminosidade agradável acomodou-se nos espaços do restaurante. Márcia sentiu os primeiros acordes de *Amores imperfeitos*, do Skank, em sua versão original. *Eu não quero ver você passar a noite em claro, sinto muito se não fui seu mais raro amor.*

E Carlos continuou, placidamente:

— Mas duas coisas não abandonei: seus escritos e seu nome.

Sentia uma atração forte por mulheres com esse nome. E, retirando do dedo a aliança, mostrou o nome Márcia gravado, já bem apagadinho. Estava casado havia 25 anos e não poupou esforços em se mostrar feliz na condição.

O encontro durou mais algumas horas, quase um raio X das décadas em que tinham vivido tão apartados e ao mesmo tempo tão presentes. Márcia voltou a pé pela beira-mar enquanto digeria as novidades, embalada pelas caipiroscas que tomara.

O que sentiu por Carlos foi raro e inesquecível. A lembrança de seus lábios carnudos e macios era tão viva que os beijos recentes se confundiam com os do passado. Uma vontade enorme apoderou-se dela. Queria estar dentro de seu abraço mais uma vez. Deixar o destino se cumprir, sentir o calor de seus braços e ser toda... simples como o "amor de índio" de Beto Guedes.

Mas Márcia temia as turbulências de um novo relacionamento. Mesmo que, em seu íntimo, não contasse com forças para abandonar um sentimento que emprestara tanto viço a sua vida! Por que não o proteger até que desabrochasse ou esmaecesse de vez? Precisava de um tempo para que uma reaproximação natural fluísse.

Por que não voltar a escrever? Poderiam trocar textos como no passado e se acompanhariam para sempre. O sabor de escrever para alguém que esperava ávido para ler a portas fechadas suas palavras era algo que a fascinava.

No dia seguinte, Márcia acordou determinada. A escrita os redimiria da realidade posta. Construíram uma relação epistolar que aproximou os afetos e aguçou a intimidade, emprestando novas cores à experiência emocional interrompida havia 43 anos.

AMIGO OCULTO
Francisca Lemos

A escuridão da cabine não permitia que se vislumbrassem os rostos. Contornos se moviam em lúgubres sombras sem membros inferiores: apenas cabeças e braços davam vida às personagens, que pareciam figuras de teatro de bonecos. Aqueles que estavam sentados mais perto do casal escutavam sussurros entrecortados pelos ruídos da passagem dos outros carros, das buzinas.

— Dia 22 não será bom...

— Aí é que é melhor...

— Melhor pra quem? Melhor pra quem?

Algumas frases tinham entonação mais incisiva; pareciam querer rasgar a penumbra e explodir na luz com salivas de raiva, impertinentes.

— Melhor pra quem? Me diga...

À medida que o tom das vozes se alterava, as pessoas se assustavam. O que estaria acontecendo? Curiosidade atiçada, olhos se estreitavam para conseguir visualizar alguma coisa na quase escuridão. Seria briga de casal? Buscavam distinguir algum reflexo de um instrumento cortante, ou mesmo arma de fogo, pois nunca se sabe: as pessoas dormem e, de repente, sentem um beliscão — pronto, já foram para o outro lado, atingidas.

O farfalhar de pequenos objetos cessou em um instante. Os passageiros aguardavam em silêncio, todos os ouvidos direcionados à conversa até então sem sentido. Os que estavam sentados mais perto deles percebiam que o assunto tinha caráter pessoal.

— Porque você é diferente de todas as outras.

— Mas não quero viver assim, isso não é vida.

Algumas cabeças se encostaram em seus assentos, buscando alternativas para compreender o que se passava. Seria uma simples disputa de opiniões divergentes? Capaz de logo mais surgirem bocas se acariciando, nunca se sabe.

Mas não parecia haver trégua. A voz masculina seguia num tom alto.

— Não quero que faça isso, não concordo! Não pode ser no dia 22.

— Qual é o problema? Todos estarão lá...

— Mas você é diferente... Melhor não pensar mais nisso.

Não pensar. Não pensar. Um barulho quase tímido surgiu dentro da cabeça do homem que viajava ao lado do casal, no início imperceptível, sem qualquer relação direta com o evento. Existia por existir. Não tinha início ou fim. Mas, persistente, um pouco depois começou a ocupar um espaço que antes não pertencia a nada, tomando uma forma mais sólida que nem chegava ainda a incomodar, mas já dava sinais de estar presente.

A voz então ganhou vida: começou com sílabas incompreensíveis, um pequeno embrião em pedaços de falas sempre crescentes. Primeiro abafada, cheia de sussurros, concentrada na parte traseira da nuca. Depois ampliou-se, lentamente, como um leque que se abre para ventilar melhor. O homem que estava sentado ao lado do casal conhecia aquela sensação das vozes em sua cabeça: estavam límpidas e no controle central, escutando, no silêncio que agora reinava na cabine do ônibus, pedaços que se escondiam daquele debate do qual não se podia tomar parte, mas de que mesmo assim estavam participando.

O homem viajava sozinho. Olhou diretamente na direção deles, tentando varar a penumbra, separado apenas pelo estreito corredor que dividia as filas direita e esquerda. Eram duas pessoas bem jovens. Sim, parecia um desentendimento de casal — pela entonação, a voz masculina estava em vantagem em relação à voz da mulher.

Instintivamente, teve vontade de segurar o braço da moça — mesmo naquela escuridão bastava estender o seu e alcançar o dela. Era possível, sim, dizer-lhe que a apoiava na sua argumentação insegura, de voz trêmula, alertá-la de que era importante demarcar território, de vez em quando elevar a voz, pois não era possível ganhar uma disputa sendo polida e com a timidez dos derrotados.

Os demais passageiros já não se interessavam pela conversa do casal. Talvez tivessem concluído que não valia a pena parar de comer ou conferir as pequenas coisas envoltas em barulhentos saquinhos plásticos. Cuidavam de confirmar, pela segunda ou terceira vez, se todas as coisas importantes tinham sido incluídas na bagagem. Sim, estão juntas e se tocando, as roupas roçando nas bancadas. De vez em quando reclamavam entre si: "Menino, vai dormir!".

Mas, para o homem, à maneira de um amigo oculto e testemunha ativa, era impossível não participar daquele embate. Quando mais o tempo passava, mais se sentia envolvido. Percebia claramente os murmúrios, ouvia todas as palavras, exceto alguns baixíssimos gritos, intercalados por luzes brilhantes, brancas, que lembravam clarões de relâmpagos em noites escuras.

Assustou-se. Rapidamente abriu os olhos e não conseguia mais fechá-los, pela estranheza da situação. E se o casal — ou o que fossem — comandasse os interruptores das tais luzes? E também as vozes ansiosas por debater dentro de sua cabeça? Tamanho poder, o de inserir palavras na cabeça de um desconhecido em plena escuridão, era demais, talvez nem existisse.

O rapaz continuava discutindo com a moça, mas era preciso reconhecer que ele, inteligentemente, redefinira os assuntos que não haviam tido um final desejado e que, naquele diálogo, ganhavam nova dimensão de acerto. Era muito importante atentar para a conversa; era vital saber o rumo das coisas, pensou o homem sentado ao lado do casal.

Ocorreu o inesperado. O homem percebeu um barulho dentro de sua cabeça e acreditou haver uma conexão com o pensamento do rapaz, teimosa e urgente. Instalou-se na parte frontal, intensificando-se em ondas sobrepostas umas às outras.

Perturbou-se; não conseguia ter um minuto de sossego. O tempo agora transcorria lento. Pareceu-lhe que o carro andava para trás, as rodas quase parando, ondas de calor afogavam suas roupas, apesar do ambiente refrigerado. A noite era um fio de um rio esgotado. As ondas, agora gigantescas, discutiam assuntos vários, intercaladas com clarões vindos de um profundo lago escuro, com garras afiadas engalfinhando seu corpo com beliscões impróprios, produzindo medonhos estremecimentos em todos os seus músculos.

Não lhe era mais possível abrir ou fechar os olhos. A coisa toda adquiria dimensão quase irreal, tomava conta de tudo e embalava-o como um pequeno embrião pronto para nascer, produzindo sensações violentas. Sentiu um medo profundo, sabia que ninguém no mundo seria capaz de ajudá-lo naquele momento, ainda que quisessem, e pareciam sinceramente não querer. No entanto, todos os passageiros se mantinham em silêncio, tudo parecia sereno.

Por um breve momento, o homem raciocinou: será possível que um jovem casal discorde por causa de uma simples data? Afinal, eram apenas datas, e todo mundo sabia que dois mais dois nem sempre resultava em quatro, ora bolas. Por que a agressividade na voz? Cadê a reação feminina, tudo o que era ensinado às mais jovens, que apenas sussurravam, tímidas, tentando fazer seu ponto de vista prevalecer?

Para ele, o mundo parecia um daqueles programas de TV nos quais o narrador explicava que a vida é representada por uma seleção natural: o animal maior e mais forte mata covardemente o menor e mais fraco. Ninguém pode se sensibilizar, pois trata-se de coisa natural, sabida e ressabida, uma cadeia alimentar perfeita e impossível de interromper. Atos selvagens.

Ouviu um grito surdo, em nova advertência:

— Não combina nada com você, pode ter certeza! Em nada mesmo, em nada.

O homem quis gritar para a mulher sentada ao seu lado: "Pula essa fogueira, esse aí vai te dar muito trabalho! Você vai mais se cansar do que amar. Imaturo, infantil. Diminuindo o seu querer, o seu pensar, impõe apenas a vontade dele. Não presta. Carga torta".

Mas nada disse. Começou a fazer uma oração silenciosa e percebeu de imediato que era mera repetição de palavras sem fé; não nasciam em seu coração, que batia violentamente no peito, desnorteado. Pensou que ia, inevitavelmente, morrer naquele instante. Lembrou de todas as coisas que tinha feito e pensou rapidamente que fora feliz, que conseguira realizar sonhos que nem eram os seus, mas combinavam com seu modo de viver. Morrer tinha que ser algo repentino e solitário — para alguns, sem dor, para outros, com lucidez. Na selva é que havia o confronto e não se morria solitário.

Apertando um pouco os olhos para ver os contornos na pouca luz interna, procurou ver algum traço físico na moça, vislumbrando apenas tufos de cabelos que pareciam pretos, braços magros que provavelmente eram de uma criatura bonita capaz de atrair rapazes que a valorizassem, talvez que concordassem com o que quer fosse acontecer no dia 22. Tinham conversado sobre outra data? Por que o dia 22 havia gerado tamanha irritação?

O motorista tinha reduzido todas as luzes da cabine; os passageiros poderiam repousar e não sentir a noite passando pelas janelas, com algumas árvores solitárias no descampado do lado de fora, nas estradas da madrugada vazia.

O homem sentia que tudo aquilo penetrava a sua intimidade e o transportava para terras aonde não queria voltar, coisas que tinha enterrado bem fundo, cheiros dolorosos. Armadilha, percebeu: tinha sido atraído para uma viagem inteira que era a arena dos animais dilacerados pelos reis da natureza.

— Vou procurar não pensar mais nisso, mas no dia 22 não quero! — ouviu o rapaz gritar.

— Mas qual é o problema? — gemeu a moça.

— Não quero isso pra mim.

A mulher, já amuada, afastou-se um pouco do lado de seu acompanhante, buscando se acomodar mais para o lado do corredor, quase encostando nele, permanecendo calada e rígida.

O ônibus parou e o motorista permitiu que os passageiros saíssem por alguns momentos. O homem deu uma boa olhada no jovem casal. O rapaz se levantou repentinamente e desceu apressado.

Ao sair do ônibus, o homem se viu frente a frente com o rapaz, que retornava para seu assento. Surpreendeu-se com a beleza física dele, elegante e com a barba bem cortada, o porte atlético, e não deixou de observar os pelos sedosos que escorriam em seus braços fortes.

Ficou intrigado. Imaginou que a vida tinha dado ao rapaz infinitas possibilidades negadas à maioria. Com a aparência física que possuía, poderia escolher as mulheres que quisesse. Não deixou de reparar as roupas caras que lhe caíam tão bem, as pernas bem torneadas que lhe davam uma aparência doce, mas ao mesmo tempo impregnadas de masculinidade.

Vozes na cabeça do homem começaram a entoar nova batida, repetiam datas, eventos. Precisava redimensionar tudo. Acreditou que as vozes eram ressonância daqueles dois, do casal ao seu lado dentro do ônibus, simples armadilha para a qual tinha sido ingenuamente fisgado. Surpreendeu-se com um grito em seus tímpanos, uma boca que se abria e fechava em poucos segundos, emitindo um grotesco som. Assombrado, viu que estava sozinho no galpão onde haviam parado. Todos tinham retornado ao ônibus.

Cambaleando, retornou ao seu lugar, visivelmente perturbado. Procurou olhar com mais atenção para a moça de pernas longas. Olhou de soslaio e notou que ela não era tão bonita quanto o rapaz; ao contrário, sua aparência tinha uma normalidade sem distinção, cheia de opacidade.

O homem virou-se para o outro lado e viu árvores enfileiradas que se perdiam entre sombras, até que encontrou um fio de hipnose que o arrastou a outras terras, estas com camadas macias.

Pareceu que tinha sonhado, não saberia dizer ao certo o quê. Os passageiros estavam andando no galpão onde o ônibus tinha parado. Ele encontrou o casal que viajava ao seu lado. O rapaz da discussão passou ao seu lado, rente, quase o atropelando, afastando as pessoas, depois virou-se para a mulher muito pequena, humilhando-a em voz alta. Os outros ficaram quietos, nada fizeram. Covardes?

Estavam afastados do grupo quando o homem bateu forte com sua mão no braço do rapaz e disse:

— Quem é você para preferir qualquer coisa que seja? Por acaso não percebeu que perturbou meu descanso durante a noite inteira com a história do dia 22?

Assustado, o rapaz recuou, murmurando para a moça:

— Quem é esse homem? Você viu onde ele estava sentado?

Sem esperar a mulher responder, o homem atirou-se sobre o rapaz, golpeando o seu peito como o rei leão, atestando sua superioridade. Nada mais o afastaria do caminho correto. Aquelas histórias de opressão precisavam acabar, e ele era a pessoa certa para romper o tal círculo vicioso.

Segurou com força o pescoço do jovem e esperou que ele parasse de respirar. Já não sabia onde estavam, se no galpão iluminado ou na penumbra da cabine do ônibus. Antes de se virar, sentiu a moça pular em suas costas, entrelaçando as pernas em volta de seu corpo. Desvencilhou-se como um mamífero forte e a arremessou longe, esmagando a sua cabeça contra as pedras encravadas no chão.

Uma tontura quase derrubou o homem, que tremia. Onde estava? Que armadilha era aquela? Bateu forte na cabeça da mulher com o cano de um revólver? Ela não merecia morrer. Tudo aconteceu sem qualquer premeditação. Eram gladiadores, mas ela interferiu e precisou do sacrifício. Aquilo era real ou estava sonhando? Embalado pelo sacolejar do ônibus, não conseguia se desvencilhar de um sono profundo.

Lembrou que poderia ter usado de argumentação bíblica, do velho e sempre novo Eclesiastes, na exortação de sabedoria, ou mesmo dos ricos textos das cartas de São Paulo. Lembrou-se de uma escrita para os Colossenses que caía como uma luva para aquele caso: "Maridos, amai vossas esposas e não sejais grosseiros com elas".

O rapaz podia até nem ser Colossense, mas iria compreender tão cristalina lição, dita e repetida há tantos séculos e séculos, amém. Como podia ter perdido tão preciosa oportunidade? Em vez disso, ficou horrorizado ao pensar que o tinha estrangulado, mas sentiu um repentino freio do carro, que pareceu, não sabia ao certo, tê-lo acordado.

O homem olhou para o casal ao seu lado e viu os braços do rapaz ao redor de cintura dela. Em uma das mãos, reluzia uma aliança de ouro.

Sobre o casal, um comprido lençol branco e sem manchas, várias pequenas sacolas encostadas aos pés que pendiam dos seus corpos, balançando-se a cada curva do ônibus. Podia pensar que estavam mortos, tão quietos e entregues que estavam ao sacolejar do carro — dois querubins sem pecados. Não precisavam sequer de nomes, afinal Gênesis ensinava para quem quisesse que Deus mudava o nome daqueles que amava, até deu o nome de Israel para aquele que se chamava Jacó. Poderiam renascer como quisessem.

Estava quase amanhecendo, a penumbra se esvaindo com a luz do dia, nem as palmeiras estavam mais entrando pelas janelas no vai e vem da estrada. Agora mostravam-se campos abertos, minúsculas casas coloridas distantes da estrada. Todo o cenário parecia exprimir a tristeza própria daquela região árida pela qual passavam. Era dia 27, domingo. Já tinha se passado o dia 22; não haveria motivos para discussão sobre data, pelo menos não no mês atual. Mas muitos meses viriam pela frente para o jovem casal se vivos continuassem.

O homem se recostou em seu banco, completamente desperto, apenas com o leve murmurar de uma respiração cansada. Logo chegariam ao destino.

O NOME DA BONECA
Helena Coelho

Acordei pensando no sonho que tive e nem imaginava que ele tomaria conta do meu dia inteiro. Às vezes não lembramos nada do que sonhamos. Em outras, cada detalhe surge nitidamente. O sonho daquele dia trazia um recado e tinha um destinatário certo: a minha amiga Sara.

Era um sábado. Abri os olhos e já tinha nitidamente a imagem do que sonhara havia pouco. Alguém me mostrava o presente que eu deveria dar a uma amiga, Sara, pelo seu aniversário. Era uma boneca que media aproximadamente 25 centímetros, loira, pele branca, usando saia xadrez e blusa azul.

Não sei de onde veio a imagem dessa boneca, já que eu mesma nunca tive uma assim. Tive uma bonequinha que usava vestidos. Lembro bem dela por causa de uma fotografia. A outra boneca que tive era muito simples, media uns 15 centímetros. Não tinha roupinha; eu mesma as fabricava. Lembro inclusive que fiz uma sainha de crochê para ela. Não sei exatamente que fim levou, porque eu só podia brincar com ela durante as férias. Quando começavam as aulas, não tinha condições. Primeiro, porque tinha que ajudar minha mãe nos afazeres domésticos. Segundo, porque a criançada destruía tudo o que estivesse ao alcance. Inclusive jogava fora. Minha boneca corria o risco de ser arremessada para o outro lado do muro, ou jogada no lixo.

Nenhuma das bonecas tinha cabelos para pentear, eles eram de plástico. Braços e pernas eram encaixados no tronco.

Após tomar o café da manhã, segui para uma lojinha que ficava nas proximidades da minha casa à procura do presente que o sonho me indicou. Quando cheguei lá e descrevi a boneca que queria, a vendedora perguntou:

— Qual o nome dela?

Nos meus tempos de criança, ninguém comprava boneca pelo nome. Às vezes as donas inventavam um nome qualquer, mas elas não vinham batizadas das lojas. Para uma criança pobre, ter uma boneca já era o máximo, não importava o nome.

— Não sei o nome — respondi. — Essa boneca apareceu em um sonho que tive hoje e preciso encontrá-la para presentear uma amiga.

A vendedora orientou que eu ficasse dando uma olhadinha na loja enquanto ela atendia uma senhora. Logo em seguida me daria atenção. Após procurar nas prateleiras, achei uma boneca exatamente igual à do sonho, com uma pequena e importante diferença: a que sonhei tinha cabelos loiros e aquela era morena.

— Encontrei a boneca — eu disse. — Mas queria uma loira.

— Essa boneca é a Susi, da Estrela — ela respondeu. — Não tem mais loira, já vendemos todas.

Eu poderia ter levado a morena, mas resolvi obedecer ao sonho. Fui ao centro da cidade à procura da dita boneca de cabelos dourados.

Agora que eu já sabia o nome, Susi, foi fácil achar. Inclusive em vários modelos: Susi vai à praia, Susi vai à festa, Susi noiva, Susi esporte, Susi verão.

Essas modalidades de boneca curtindo a vida eram quase o dobro do preço da Susi sozinha. Eram loiras, sim, mas estavam muito mais caras do que eu poderia pagar. Só me restava voltar à lojinha e comprar a de cabelos pretos. Achei que esse detalhe não faria diferença.

Mas qual não foi minha decepção quando, ao chegar, soube que a minha Susi, tão desejada e sonhada, tinha sido vendida. Agora que eu sabia seu nome, ela era parte da minha vida. A vendedora lamentou:

— Que pena, Margarida, uma pessoa que trabalha na farmácia acabou de comprar a última Susi, aquela que você viu.

Tinham-se passado menos de duas horas. Saí dali muito triste, pois o meu sonho tinha desmoronado. Acordei otimista, e procurar essa boneca me parecia a coisa certa a fazer. Eu tinha certeza de que aquele sonho era uma mensagem, apesar de não fazer sentido algum.

A boneca existia, seu nome era Susi, mas por uma questão financeira não realizei o que meu sonho me pediu.

Era sábado e o comércio fecharia às 14 horas. Não daria mais tempo de voltar e, além disso, eu não tinha o dinheiro para comprar. Falhei na missão. Comprei um outro presente qualquer. Nem lembro o que foi, acho que eram tigelas de vidro.

Depois de um dia inteiro em busca da boneca Susi, fui ao aniversário. Ao ver minha amiga, senti vontade de contar o que aconteceu.

— Sara, feliz aniversário! Trouxe esta lembrancinha e este cartão. Confesso que o presente que eu queria dar não era este, mas uma boneca.

Contei o sonho com todos os detalhes, falei da minha busca e perguntei se para ela aquilo tudo fazia algum sentido. Será que o meu sonho tinha alguma coisa a ver com ela? Ou foi alguma armadilha do meu inconsciente, relembrando um fato que eu mesma tinha esquecido?

Ela respondeu sem titubear:

— Na verdade, a boneca Susi é um dos meus traumas de infância. Nunca falei sobre isso com ninguém.

Aquela resposta me deixou pálida. E ela continuou:

— Eu e minha irmã tínhamos muita vontade de ter uma boneca Susi, da Estrela. Quando lançaram foi um sucesso, um sonho. Mas minha mãe nunca pôde comprar.

Como um segredo traumático da infância da minha amiga, que eu conheci adulta, estava presente em um sonho? Se eu tivesse comprado a boneca, teria curado aquela ferida? Talvez.

Mudamos de assunto e não falamos mais sobre isso até o final da visita. Na verdade, só falei com ela sobre o sonho de novo alguns dias depois. Não conseguia parar de pensar naquilo.

Quando retomamos o assunto, ela marejou, respirou fundo e contou outra história. Disse que a mãe, diante do sonho das filhas, havia comprado duas Susis, uma loira e a outra de cabelo preto. Sara afirmara que queria a loira, mas a mãe a deu para sua irmã. Isso a deixou muito infeliz. Nunca mais teve gosto por bonecas. Entendeu que a irmã era a preferida da mãe, e por toda a vida isso foi insuperável para ela. As duas passaram a ter uma relação difícil, incontornável, e esse era o grande trauma da sua vida, viver apartada da irmã gêmea. Não tinham outros parentes e ficaram sozinhas no mundo.

— E tudo começou por causa dessa maldita boneca Susi.

Fiquei muito perturbada e mudei de assunto. Procurei conversar sobre o cotidiano, temas menos profundos, que não causassem descontentamento. Sara, uma pessoa muito fina, entendeu a mensagem, e daí por diante falamos sobre muitas outras coisas. Tomamos café, chá, comemos biscoitinhos e o diálogo fluiu por outros caminhos.

Voltei da casa de Sara pensativa, tentando entender. O que fazer com aquele sonho? Achei que poderia ser uma mensagem. Talvez eu fosse a mensageira da paz entre as duas irmãs, e por isso fiz de tudo para conseguir o telefone da Rebeca. Fiz contato, mas fiquei sabendo por sua filha que ela tinha ido embora para Gramado, no Rio Grande do Sul. Perguntei se ela tinha ficado só e ela assentiu. Sugeri que ela fosse visitar sua tia um dia desses. Senti uma incerteza em sua voz e afirmei que ela iria gostar. Ela prometeu pensar no assunto. Despedimo-nos.

Liguei para Sara para saber se ela conhecia essa sobrinha. Ela me disse que não, e eu resolvi não relatar a conversa que tivera com ela, tampouco a possibilidade de uma visita. Esperei o desenrolar dos acontecimentos. Passados alguns dias, recebi uma ligação de Sara convidando-me para ajudá-la em um trabalho de arte que seria utilizado numa creche. Convite feito, convite aceito. Gosto de arte, gosto de estar entre amigos, fui. Enquanto produzíamos aquela arte, conversamos bastante. A campainha tocou e alguém foi atender. Estávamos numa sala de onde dava para escutar a conversa no portão. A voz era de uma jovem que estava querendo falar com Sara. Foi até a sala onde estávamos e se apresentou:

— Sou Susi, filha da Rebeca. Vim conhecer você, tia.

Sara ficou boquiaberta, não poderia ter tido surpresa maior! Era uma bela moça, loira. Abraçaram-se timidamente. Fui apresentada como uma amiga da família. Deixei-as sozinhas para conversarem mais à vontade. Susi contou da decisão dos pais de se mudarem para o sul e da sua solidão, pois não sentiu vontade de acompanhá-los. Sara, por sua vez, relatou que tinha um filho, que já estava casado e não morava mais com ela.

Voltei para junto delas e observei o quanto estavam alegres, como se já se conhecessem há anos. Susi, sentindo-se bem acolhida, esboçou uma pergunta de supetão:

— Tia, posso vir morar com você?!

NITEZA
Helena Selma Azevedo

A Serra da Ibiapaba era um dos nossos destinos prediletos nas férias. Tempos em que existiam mais crianças que adultos; a cidade não oferecia muitos perigos; as férias começavam em novembro e só terminavam no final de fevereiro; não havia televisão, celular nem jogos eletrônicos. Ler, ouvir histórias e sonhar eram os nossos principais entretenimentos nos dias e noites chuvosos.

Nas noites frias e enevoadas, as famílias recolhiam-se nos lugares mais quentes e confortáveis da casa. Era tempo de conhecer as histórias dos parentes, despertar a curiosidade sobre as botijas escondidas, rir das anedotas, decifrar enigmas e charadas e tremer de medo dos fantasmas.

Foi em uma dessas noites de trovões e relâmpagos que Dona Felicidade narrou sua história favorita. Já tinha netos e, se fosse viva, hoje estaria com muito mais de cem anos. À medida que relembrava o passado, o brilho de seus olhos aumentava, ela foi rejuvenescendo e sua voz, firme e suave, abafou os ruídos externos.

"Eu tinha dezessete anos — foi assim que ela começou — e era a moça mais bonita da cidade. Meus cabelos eram louros, brilhantes e cacheados. Os olhos eram azuis, a pele, branca e macia. Como era faceira! Costumava ficar na frente do espelho da minha penteadeira escovando os cabelos, fazendo cachos e descobrindo o melhor jeito de olhar, sorrir, inclinar a cabeça e mexer com braços e mãos. Um primo me apelidou de Boniteza, e meus irmãos me chamavam carinhosamente de Niteza. Vaidosa, gostei, mas me sentia mesmo era Felicidade — não poderia ter um nome mais apropriado! Expressava meus sentimentos diante da vida.

Tempo bom! Passear na pracinha, fazer piqueniques nos mangueirais e nos engenhos, tomar banhos de rio e cachoeira, brincar com as amigas. Colocar o melhor vestido e ir à missa nos domingos. Ir à festa de Santana, com as suas novenas, quermesses, leilões e procissão. Era minha época preferida. A cidade era uma festa só!

Um dia, meu pai me chamou, muito sério — ele sempre era muito sério, mas nesse dia conseguiu ser ainda mais.

— Felicidade, o Manoel Vasconcelos me pediu tua mão em casamento. Eu concordei e faço muito gosto.

Fiquei embasbacada. Levei algum tempo para entender o que ele dizia.

— Mas, papai — gaguejei —, ele é muito velho!! Não tem nem três meses que a Dona Clotilde morreu! Ele é pai das minhas amigas!

Mais sério e carrancudo, ele retrucou:

— Ele ainda está bem forte e rijo. É um homem sério. O homem mais rico daqui. Você vai ter conforto e um futuro garantido. Não quero discussão nem chororô! Já falei com a tua mãe para providenciar o enxoval. Vamos decidir a data do noivado e do casamento.

Tentei argumentar, mas ele falou, grosso:

— Nem mais um pio! Estamos conversados!

Quando ele saiu da sala, fui para o quarto, me joguei na cama e desabei em prantos. Meu mundo tinha ruído! Chorei como bezerro desmamado.

Já estava escuro quando mamãe entrou, sentou na minha cama e passou a mão nos meus cabelos. Ela disse, com voz trêmula:

— Minha filha, você conhece seu pai... Quando ele dá sua palavra, não volta atrás. Melhor aceitar a ideia. Veja que muitas amigas suas já estão casadas desde os 14!

— Mas elas casaram com homens mais novos, 25, 30 anos. Mamãe, ele tem 70 anos, idade de ser meu pai, até meu avô. E a Dona Clotilde, coitada, ainda nem esfriou no túmulo!

Voltei a chorar, e minha mãe continuou:

— Você vai ter conforto. Ele é um homem bom, respeitador e rico. Você vai aprender a gostar dele. Vou trazer um chá de cidreira pra acalmar — disse ela, enquanto saía do quarto em direção à cozinha.

Nada me consolava. Chorei a noite toda. Amanheci sem forças, o corpo doído, os olhos inchados: estava devastada, oca por dentro. O dia todo foi uma romaria de gente na minha alcova. Amigas, tias, primas, todas vieram me visitar. A notícia estava espalhada na cidade. Elas achavam que eu devia aceitar o casamento. Outras iam além: diziam que eu devia mesmo era estar muito feliz. As filhas dele estavam contentes — melhor eu que outra madrasta desconhecida ou não tão querida. Cruel foi o que minha tia falou:

— Pense bem. É muito melhor ser boneca na mão de velho que peteca na mão de moço.

Não vi escapatória. Era eu contra todos, então decidi:

— Vou aceitar — estava me sentindo como aquelas heroínas das histórias antigas que sacrificavam suas vidas pelo bem da família — Mas com uma condição. Diante de tanta tristeza e sofrimento, não posso mais ser chamada de Felicidade. Todos devem passar a me chamar de Niteza. Afinal, é pela minha beleza que estou sendo sacrificada.

E assim foi feito. As datas foram marcadas. Noivei, casei, tive quatro filhos. Morreu meu pai. Morreu minha mãe. Os filhos já estavam criados quando fiquei viúva. Cumpri o luto recomendado. Decidi ir a Roma ver o Papa e por ele fui abençoada. Trouxe terços bentos para dar de presente.

Quando retornei, estava nas vésperas da festa de Santana. Fui logo participar da organização das barracas pelo partido encarnado. Naquele tempo, as disputas entre o partido azul e o encarnado pareciam as da política durante as eleições. Dava intriga das grandes! O povo dizia que apartava até sangue. Ganhava o partido que arrecadasse mais dinheiro para a igreja.

Chegou o primeiro dia da festa. As barracas estavam lindas, enfeitadas de chita, flores de papel crepom e bandeirinhas de papel de seda, cada uma com a cor do partido, tudo iluminado com fileiras de lâmpadas. O gerador de energia da cidade ia funcionar até a festa terminar.

A cidade fervilhava de gente vinda de todo lugar. Chegavam a cavalo, em carros de bois e caminhões. A gente se perdia na multidão que rodeava as barracas de comida e de jogos — bastidor, pescaria e tiro ao alvo. As barracas de comidas e bebidas vendiam todo tipo de bolo, rosca, peta, bulim, palma, esquecidos, pé de moleque, grude, aluá, mucunzá, pirulito e licor. Nos leilões tinha de um tudo: peru, bacurim, galinha, bolo, galinha assada recheada e enrolada em papel celofane, roscas de todo tamanho, garrafas de cachaça e licor, rapadura, alfenim e quebra-queixo.

A radiadora despertava o desejo pelas coisas das barracas, avisava a hora dos leilões e as prendas oferecidas. Animava as pessoas com as músicas oferecidas de alguém para outro alguém. Estimulava namoros e intrigas.

Eu, como sempre, ficava na barraca de licor. Diante de tantos pedidos, mal notei quando um rapaz se aproximou, pediu um licor de cambuí e me entregou a ficha. Servi e foi nesse momento que vi seus olhos verdes e sorridentes. Ele sorveu a bebida lentamente, gole a gole, saboreando e me olhando. Fiquei vermelha e desviei o olhar. Fui atender outra pessoa. Ele pediu mais um cálice. Eu já não via ninguém, tudo desapareceu, ficaram só ele e seus olhos.

No segundo dia, ele voltou e repetiu o mesmo ritual do dia anterior, mas dessa vez falou:

— Me perdoe o atrevimento, mas vou oferecer uma música pra senhora.

Depois de algum tempo, voltou e ficou em pé do lado da barraca. A radiadora anunciou:

— Um coração esperançoso oferece esta música para um coração solitário.

A voz do Pixinguinha se espalhou: *Tu és divina e graciosa / Estátua majestosa do amor / Por Deus esculturada / E formada com ardor / Da alma da mais linda flor / De mais ativo olor / Que na vida é preferida pelo beija-flor...*

Enquanto a música tocava, ele me olhava e sorria. Eu, encabulada, fazia de conta que não via. Assim ele fez nos nove dias. A cada dia uma música e um galanteio diferentes.

Também aparecia na igreja e ficava na parte destinada aos homens, de frente para mim. Na oitava novena, encontrei um bilhete dele dentro do missal, guardado no compartimento fechado do meu genuflexório. Coloquei no bolso e levei para ler em casa. Ele dizia que o encantamento se transformara em amor. Pedia-me uma dança no baile e ser sua namorada. Beijei a carta e fiquei pensando em como ia dizer que não dava certo, que ele era bem mais novo, que meus filhos já estavam adultos. Ensaiei bem direitinho o que ia falar. Meu Deus, eu não queria nem pensar no falatório!

Mas qual o quê! Não resisti. Dançamos a noite toda do baile: tango, bolero, valsa... O corpo de um era a extensão do corpo do outro! Fizemos juras de amor e combinamos casar.

Algumas amigas me puxavam e sussurravam para que eu dançasse com outras pessoas, pois estávamos chamando a atenção. Tanto fizeram que saí antes da festa terminar, escondida para que ele não me visse.

Fui deitar, mas não consegui dormir. A cidade silenciou. Desligaram o gerador e tudo escureceu. De repente, ouvi um violão. Era ele. Durante a serenata, cantou as músicas que me ofereceu nas quermesses, na mesma sequência.

Amanheci me sentindo plena, cheia de entusiasmo. Voltei aos dezessete anos. Por ironia do destino, repetiu-se a mesma romaria de mulheres no meu quarto, aquela de anos antes. Comentavam como ele era lindo, jovem e pobre. Minha tia, aflita, falou:

— A cidade toda está falando de ti com aquele boêmio. Cuidado! Ele só tá interessado no teu dinheiro.

Não aguentei mais. Levantei da cama, ergui a cabeça, bati a mão no peito e gritei:

— Fiz o primeiro casamento para agradar minha família e a cidade. Agora, vou casar para ME A-GRA-DAR. Podem voltar a me chamar Felicidade."

ONZE CADEADOS
Ivna Girão

Esperou trinta e dois anos e onze cadeados serem arrombados.

Nem uma fresta na janela. Nada entrava ali. Paredes frias e molhadas, um quadrado de poucos metros, uma rede armada e encardida, um pano que se fingia às vezes de lençol, um copo de alumínio com água pela metade. Um corpo trancado que não sentia o sol — um banho, quase nunca; comida, só vez ou outra. Trinta e dois anos mantida em cárcere privado, sem luz.

O cubículo não possuía banheiro, e o odor de fezes e urina tomava conta do espaço. Três ou quatro vasilhas com restos de feijão e migalhas de biscoito. Nada de roupas: nunca botou um vestido, sequer uma calcinha. Vivia nua. Deitada. No corpo, feridas e ossos protuberantes. Magrinha, de longe uma vareta, as pernas dobradas lembravam um bebê ou uma idosa já bem debilitada. Era morta-viva. Não conseguia falar nem escrever, desorientada.

Foi mantida presa pelo próprio pai após ter engravidado ainda adolescente. Punida por sujar o nome da família, trancada para não engravidar novamente. Levava, antes disso, uma vida pacata, estudava, queria ir pra cidade fazer Escola Normal.

Aos dezessete anos, ela conheceu a solidão e a tristeza, conheceu o trancar das portas, o fechar das janelas e as correntes que lhe fizeram refém. Era novembro, época quente do ano, quando foi empurrada pra aquele canto — entrou viva e grávida, e achava que nunca mais sairia dali.

Entrou à força, com violência, empurrada pelo pai, pro

inferno com a barriga gestante — o feto miúdo acochado num *shorts* com cinto apertado para disfarçar a tragédia. E viveu a gravidez toda sozinha, sentindo a criança mexer e o quartinho encolher. Num sabia se era noite ou dia, a falta de frestas de luz não dava pistas do mundo lá fora. Achava que estava perto de parir porque a barrigona num cabia mais. A filha, num tardava, ia romper aquele ventre e — por que não? — aqueles onze cadeados.

Naquele quartinho, quase não se ouviam gritos e chamados. A mulher não tinha voz; se tinha, não conseguia desgrudar do pulmão. Tirando os barulhos do sertão, aquele canto ali parecia nem existir — o silêncio só era rompido pela zoada dos bichos sendo abatidos a poucos metros dali, num açougue ao lado, também clandestino.

Na ilusão da gestante, o choro do recém-nascido seria a quebra das correntes, uma liberdade tão estridente, uma zoada medonha que acordaria o mundo inteiro e o faria descobrir as duas vidas escondidas ali dentro, duas vidas inteiras, uma rede, umas vasilhas. Um monte de fezes, urina e também sangue, placenta. O cordão umbilical que foi rasgado com um garfo sujo e um monte de esperança que parecia nem ter nascido. Ninguém notou que ela tinha parido, continuou presa.

Pariu feito gato no mato. Deu à luz, mas tudo continuava escuro e frio. E o bebê talvez nem vingasse — num chorou nem quando rasgou a vagina da mãe: parecia intuir que era preciso fazer silêncio. Tinha vida, sim, e era do sexo feminino. Era até rosadinha a bichinha, mas tão mirrada que bem que podia ser "Nonata" o nome da menina, aquela que não é nascida. Para que dar nome àquilo que nem serve para existir? Com duas horas de nascida, parecia que nada tinha acontecido: tirando a sujeira do parto, tudo na mesma.

Fim do dia. Um barulho na porta — alguém rompeu as muralhas e chegou ali. Seria a liberdade? Era a hora de ir embora e lavar, enfim, o enxoval para festejar a chegada da menina Nonata? Nada. Era só um prato raso de comida que entrou mais rápido que porco fugido, que foi jogado ali feito monturo no lixo.

Um outro prato, agora mais fundo. Junto com o comê, a mesma

mão que entregou a vasilha roubou, num ato covarde e de supetão, a Nonata. Coitada, num susto que deve até ter quebrado a espinhela da menina, a pobre já tão mofina. A porta fechou, a mãe ficou sozinha de novo, a menina foi. Era a liberdade da menina?

Uma liberdade traiçoeira. O caminho era o do abatedouro, a pequena ia virar pedaço morto, confundido com coxa de cabra e cabrito no açougue ali do lado. O Capa Preta, um homem escuro de andar apressado, que era avô da criança e pai da mulher, jogou o corpo magrinho da recém-nascida no chão: achava que estava era morrida a menina. E no bater do chão, a pobre gritava. E bem alto.

Cachorros latiram mais alto e dois bichos se aproximaram, barulhos de passos e vozes — ia o Capa Preta ser preso ou descoberto de mandar matar a neta e de deixar morrer trancada a filha? Ele pegou o corpinho de volta nos braços, correu, abriu a porta do cubículo e jogou de novo, dessa vez no colo da mulher, o bebê. Será que ainda estava viva, tamanha a pancada? Encadeada do sol e do medo, a menina procurou o peito pro alento. E dessa vez, quase que num milagre, a mãe fez leite, talvez pelo prato comido ou por uma salvação divina. As duas sentiram prazer: se encostaram no chão melado e suado e se entregaram, a mãe sorria e a menina mamava — sua primeira comida e alegria. Juntas estavam pela primeira vez. O mamar do peito foi, sem dúvida, a rotina mais certeira da vida das duas. Naquela rede suja, mãe e filha criaram um ritual de se esfregar quase o dia todo, num melado de leite e de preguiça. E a vida vingou; Nonata ia crescendo.

Ali tudo era parado, mas os balanços de agosto talvez trouxessem boas-novas. E trouxeram: um balde chegou e a menina o primeiro banho tomou. Depois da mamada, a sensação mais gostosa da vida, um respingar de água na cara; o corpo fresquinho. A vasilha de se lavar chegava e fazia alegria. Meses depois, o peito da mãe secou e o balde também. Findou o divertir. De novo, o tédio.

A filha ia crescida; a mãe, bem envelhecida, magra, os ossos tudo aparecidos, sem roupa, as pontas dos cotovelos pareciam facas. Duas vidas magricelas, pálidas, esfomeadas, trancadas e nuas. Corpos deitados numa rede, largados no chão sujo. Não falavam nem sabiam de nada — só dormiam e comiam.

O cadeado abriu mais uma vez. Não era o Capa Preta. Era uma senhora idosa. A voz chamou para fora, mas só a menina conseguiu sair. A porta abriu brecha pequena demais e, num sequestro violento, roubaram a pequena de lá. Sequestrada por uma nem sei quem, amaldiçoada a se perder por aí. Foi desmamada do peito, da vida e do quartinho da mãe. A mãe, num sei de onde, tirou forças e, como nunca antes, deu um grito de dor. Uma rasga-mortalha se assustou. "Vão matar a menina", pensou. Talvez fosse melhor assim. Por que num matar logo as duas? Que desatino seguir viva sem conseguir existir. E assim ela adormeceu. Nem quis comer, desejou a morte, não mais a liberdade. E, com tristeza profunda, uma saudade imensa da Nonata, adoeceu, enlouqueceu mais um tanto e nunca mais da rede se levantou. Foram anos assim, miúda, sem falar nem ouvir, dias sem comer, sem resistir.

Sobre a menina? Nada se sabia, se nem mais existia, que dirá o futuro daquela pobre Nonata. "Certeza virou comê para os bichos vizinhos ali do abatedouro", pensava a mãe. Quando um cheiro de carniça subia, ela lembrava da filha, imaginava estar morta, feito feto abortado virou entulho de lixo ou carne comida. Esqueceu de se querer bem da Nonata. Mesmo sem saber notícias, matou a menina do seu corpo. Estava só de novo e sempre, amém. A rede, fedorenta de tanto mijar, virou seu novo amor e companhia. Não saía de lá, grudada, amassada, parecia costurada ali, desgostosa e morrida.

Numa noite de março, chegou uma tempestade forte no sertão. A mulher acordou assustada, uma pancada de árvore caída derrubou parte das telhas e de uma parede do cubículo; o barulho acordou as casas de longe. A chuva quebrou tudo, as portas e as janelas. Ela agora podia fugir e ser livre. Nem acreditava. A água que entrava pelo vão quebrado trazia conforto também, fazia escorrerem as lágrimas e o medo da fuga. O corpo, que num recebia banho havia meses, se lavou e depois desmaiou — tinha morrido? Os cachorros latiam, e Capa

Preta veio seguindo, se desesperou, correu. Barraco desmoronou? A filha fugiu? Não sabia. Encontrou a rede molhada e vazia. Onde estava ela? Alguém a levara nos braços. No escuro, na chuva, o pai nada entendia. Barulhos de multidão, animais enlouquecidos com raios e trovões. O velho sumiu dali sem ter notícias; temia prisão. Desapareceu ele também.

A mulher, por cuidados de alguém, estava viva e longe. Conheceu a liberdade. Deram-lhe banho e lhe puseram um vestido, parecia outra pessoa, até cor rosada tinha ganhado no rosto. Um caldo quente, uma nova rede. Naquela noite da tempestade, uma vizinha, senhora que já desconfiava da movimentação naquele quartinho, aproveitou a chuva e a queda das paredes e, com a ajuda do marido, salvou a refém: uma desconhecida lhe deu nova vida. Uma viagem sofrida de pau-de-arara e ela, muito enfraquecida, estava longe dali, longe daquele quartinho.

Ainda que sob cuidados, não reagia, seguia apática, frágil, mesmo vivendo a liberdade, um novo existir. Saiu daquele cárcere mas continuou morta, talvez igual à filha Nonata, de quem não tinha mais notícia e até se esquecia. Um dia, na varanda, escutou um som familiar, num era bicho nem chuva. Era choro de criança. Ainda sem conseguir falar, ela balbuciou; parecia chamar a filha, lembrou da menina.

Tomando uma sopa nutrida todo dia, foi ficando mais ativa. Começou a querer aprender a falar, mas num conseguia. Tentaram e tentaram. Nada. Uma vida inteira; era difícil recomeçar. Com ajuda médica, internação num centro psiquiátrico, remédios, caldos e afetos, ela foi tornando. Tornando devagar.

Tinha morte no corpo, mas vida no olhar. E, assim, num domingo de sol, soltou, como criança que desatina a correr pela primeira vez, a palavra "filha". Aquilo encheu de lágrimas os olhos de quem estava por perto. Todos na cidade já conheciam a história da sofrida mulher. Em tratamento, ela soube que virou notícia nas rádios e que o Capa Preta fugira, desaparecera, e ninguém foi feito preso pelo crime. Parte da vontade da cidade para que ela falasse era curiosidade em saber como foi passar três décadas trancada.

Desistiram da fala. Deram-lhe, por várias vezes, um caderno. Será que adivinharam que o seu sonho de mocidade era cursar Escola Normal na capital? Virar professora? A caneta e o papel lhe vestiram bem, apesar da magreza das mãos e da falta de firmeza nos dedos. E, num exercício de paciência, já internada num abrigo para idosos, começou a rabiscar saudades, letras, riscos que lhe vinham à mente. Fez do caderno seu grande afeto e sempre deitava com ele no colo. Tinha, apesar do tremor, a letra bonita; num esqueceu do tempo de escola, dos ensinos antes de engravidar e ali ser presa. Começou a ensaiar escrever.

Escrever o quê, se vida ela não tinha? Aquilo que primeiro se define, aquilo que primeiro nos chamam, que tal desenhar seu nome? Mas a mulher num tinha nem existir, como teria uma graça? Enquanto as lágrimas desciam, ela insistia. E, num riscar torto, fez surgir uma palavra: "Fátima". Lembrou.

E escreveu várias vezes, como quem quebra a cada nova letra os onze cadeados que um dia lhe tiraram a dignidade, esse escrever que é liberdade, que vai contar sua história e lhe fazer encanto de novo — ela é Fátima. Na origem do nome recém-rabiscado — Fátima, a "mulher que desmama seus filhos" —, ela tocou novamente os seios, antes, na juventude, cheios de leite, e sentiu calor e amor, sentiu a filha de volta, a vida de volta.

LAÇADA
Ivone Marques

A tenda colorida se ergueu em frente à igreja matriz.

— Um circo! — alguém gritou, eufórico. O som alegre contagiou o ambiente e um desfile de mil personagens encheu de sonhos aquele espaço sagrado.

Palhaços, mágicos, dançarinas, trapezistas e domadores faziam parte da pequena multidão curiosa. Pela rua, o anúncio da estreia soava como algo eletrizante.

— Hoje tem espetáculo!

Era uma vila de pescadores, e o barulho intenso das ondas ficou quase surdo. Só o som do bombo reinava. A cortina do palco desceu, devagar. Surgiram personagens enfileirados, deixando atônito o público ali em pé.

Encantada com a alegria da trupe, uma jovem nativa, saindo de seu mundo real, passou a focar sua atenção na beleza e na agilidade da trapezista. Aquela mulher tinha algo de divino nos movimentos e na expressão facial. Trejeitos perfeitos. Tomada por uma estranha curiosidade, a jovem, como que íntima, aproximou-se da trapezista e perguntou:

— Qual é o teu nome?

Num sorriso aberto, a resposta veio com um sotaque sonoro:

— Justine!

Naquele instante, um pacto foi selado no coração da moça. Quando tivesse uma filha, seria batizada com o nome da trapezista circense. A homenagem foi escrita a ferro e fogo no seu caderno de sonhos.

Saindo do êxtase, a jovem retornou ao seu porto seguro. Um pedaço de terra banhado por um lindo mar de águas azuis, espumas brancas, emoldurado por verdes coqueirais. A imponência da igreja e o cruzeiro com o Cristo de braços abertos, que parecia abraçar todos.

Depois que o circo foi embora, aos poucos, a vida rotineira se instalou, como que acordando o lugarejo daquele sonho colorido.

Eram meados dos anos 1940. Do outro lado do mundo, com horrores da guerra na memória, um ex-combatente retornou ao seu lugar de origem e encontrou a paz na figura daquela jovem nativa de olhos encantados.

O casal, unido por um sentimento puro, selou uma união verdadeira. Naquele cenário perfeito, viveram suas promessas de amor.

Não tardou e a natureza se manifestou na jovem, agora mulher tomada pelo amor e pelo espírito materno. Movida pelo cheiro da maresia, uma nova vida despontava.

— Menina ou menino?

Ninguém sabia, foi segredo somente revelado em noite de calmaria, de lua cheia e de vazante das ondas. Um choro ecoou como uma canção celestial. Era dia 13. Era dia de azar. Saída das entranhas, auxiliada pelas rezas e mãos hábeis da parteira, o laço se desfez. Um corpinho frágil, agasalhado em panos alvos e quentes, encheu o quarto de vida.

E o pequeno ventre, mostrando a grandeza da criança, logo revelou o enigma. Nasceu mais uma menina naquela terra habitada por mulheres guerreiras. O ambiente foi tomado por cheiros contagiantes. Num canto do quarto, a alfazema afastava os maus agouros. No jardim, o jasmim anunciava a grandeza daquele momento de aconchego familiar. Mas, as vozes profetizaram:

— Uma menina nasceu, laçada pelo cordão umbilical, numa noite de 13, número de má sorte!

Era quase maldição, presságio ruim. Muitos murmúrios envolveram o nascimento da menina. Crianças que nascem laçadas serão chamadas Antônia para não morrerem afogadas. Um horror. Castigo certo se alguém contrariar a lei que veio sabe-se lá de onde.

E o segredo guardado a mil chaves viria à tona. Teria que gritar alto para impor o nome da filha. Justine teria que desmitificar a lenda. Todas as vozes soavam alto no seu ouvido.

— Antônia! Ela precisa ser batizada como Antônia!

Mas naquela imensidão de mar havia muitas Antônias. Fora de si, com choro convulsivo, a mãe usava toda a força da sua voz:

— Esse nome não! Ela será Justine.

Fez-se silêncio profundo. E um pensamento povoava a sua mente de mãe:

— Criança pagã precisa de proteção para afastar seus anjos maus.

O terço bento foi retirado do oratório e, num nó improvisado, foi amarrado na rede branca. Agora havia a presença Divina. Contrariando a crendice de todos, Justine não podia desfrutar do mar, das lagoas e dos córregos. Até o vento que vinha da praia lhe era malfazejo. E a areia que formava as dunas tinha assombração.

Por causa das histórias contadas, o medo fazia parte dos seus sonhos, o mar era povoado por monstros e animais devoradores e sereias lindas atraíam todos para o fundo apavorante do mistério azul. As ondas brancas tragavam os que delas se aproximassem, envolvendo-os em seus lençóis macios e os levando para os berços dos tubarões famintos. Cenário tenebroso com sons assustadores. Mas ali havia duas saídas possíveis: a igreja, espaço sagrado, e o mar, grandeza misteriosa. E, na sua pequenez de criança, o sagrado seria seu ponto de observação, o palpável, o real.

Transitar na igreja fazia parte da sua rotina com o avô. Ornar o altar com flores do jardim e tocar o sino com badaladas festivas eram os seus momentos de oração. A arte se confundia com o lúdico, trazendo-lhe paz. Nas idas e vindas, acompanhadas pelas histórias do avô, as descobertas conduziram a menina ao local mais alto — a torre. Pela abertura ovalada, a visão era perfeita: céu, mar e linha do horizonte.

Aquela imensidão proibida ficava ao seu alcance. O céu com suas nuvens de formatos diversos, o mar com muitos tons de azul. Deslumbrada, ela podia sonhar. Fazer reais as histórias, tornar possível o vai e vem das ondas e ouvir os sons do vento como os acordes de uma canção.

Correr e brincar com outras crianças era a busca da aventura. E, nos pés do cruzeiro, a areia solta proporcionava seu conto de fadas. As dunas enfileiradas eram castelos habitados por reis e duendes. Conchas trazidas do mar se personificavam em guardiões do lugar.

— E aquelas contas coloridas no pé do Cruzeiro?

Eram resquícios de terços e rosários, que, no chão sagrado, eram oferendas.

Num impulso infantil, Justine guardou seis contas na mão — gesto de coragem. Veio, em seguida, uma noite de terror. O vento uivava forte, como se seres sobrenaturais invadissem seu quarto. Logo pensou:

— São as almas penadas que vêm recolher as contas coloridas.

Mesmo no medo, o sono profundo veio. Uma réstia de sol acordou seu dia. Com passos ligeiros, soltou as contas ao vento. Encanto desfeito. O café da manhã fumegava no fogão à lenha. O grolado saciava a fome, aumentada pela tormenta noturna.

Alguma coisa estava acontecendo. Seus olhos atentos se voltaram para a sala vazia. No canto, dois baús de cedro, feitos pelo avô, descansavam com cumplicidade. Toda a casa cabia dentro deles. Ao lado, uma caixa coberta de chita guardava as coisas de Justine. Uma boneca de louça, três laços de fita feitos pela mãe, dois vestidos de renda e um lençolzinho estampado. Estava pronta a partida. Lá fora, o caminhão, buzinando estridentemente, chamava para o embarque. Um frenesi, misto de euforia e tristeza, tomou conta dos viajantes.

— Entra, filha.

A voz da mãe vinha da boleia. Os braços fortes do pai a ergueram e, num cantinho, a menina se acomodou. Eram três naquele espaço apertado. Os mesmos personagens para contar novas histórias. Por uma fresta, Justine olhou para trás. Ninguém havia lhe contado nada. Nada mais estava ao seu alcance. Ou quase nada. A torre da igreja lhe acenava um adeus. Pela primeira vez, esse sentimento desconhecido tomou conta do seu íntimo.

MEU NOME É JOÃO...
John Unneberg

Porque foi a única coisa em que minha mãe, depressiva, e meu pai, maníaco, concordaram: me chamar de João, nome bíblico.

Tudo muito comovente.

Claro, quando eu fiquei velho o suficiente para pensar sozinho, eu rapidamente suspeitei que essa concordância súbita só poderia ter sido um engano.

E foi.

Meu pai, abençoado por seu eterno otimismo, me chamou de João por causa de João Batista, o profeta protestante e santo católico que cristianizou Jesus.

Minha mãe, por outro lado, me culpou por seu corpo destruído no parto, e então decidiu me chamar assim por causa do livro Apocalipse, escrito pelo Evangelista João.

Não causa espanto que minha vida tenha se tornado essa montanha-russa emocional.

Se fosse hoje, os dois teriam o bom-senso de se separar, e nós três teríamos a chance de viver uma vida normal.

Mas isso não aconteceu.

Eles não se separaram.

E não tivemos a chance de viver uma vida normal.

Isso foi antes dos anos setenta, e das mulheres se esperava que se casassem com o primeiro homem com quem dormissem. Um progresso em relação à geração de minha avó, creio, já que elas tinham de se casar antes de saber se realmente gostavam de dormir com um homem. De toda sorte, esperava-se que as mulheres das duas gerações tivessem filhos e continuassem casadas.

Em relação ao meu pai, sendo um homem, a ele eram permitidas algumas tentativas e erros antes de se prender a um casamento. Eu não acho que ele chegou a tentar, todavia. Apesar de ter fina estampa e até tocar guitarra para chamar atenção, ele fazia o tipo tímido. Por isso suspeito que tenha sido minha soturna mas sólida mãe que tomou a iniciativa. Talvez, vendo seu desempenho patético no palco local, ela tenha decidido que ele seria dela, e não o contrário.

E então?

E então, pelo menos conforme minha falecida tia, que Deus a tenha, ela o puxou para fora do palco, para a coxia, e sentou em cima dele até ele gozar.

E ele?

Ele, o fracote, deixou tudo acontecer.

E daí ele não tinha mais como voltar atrás.

E nem ela, mesmo depois de descobrir que o homem era maníaco.

Veio o casamento; depois, eu — e aqui estamos os três, vivendo juntos em uma maldita casa de loucos.

Meu pai, a borboleta que era, achava que a vida não era nada além de um curto verão dançante. E ele dançava. Quase sempre com minha tia, já que minha mãe não tinha essa disposição. E isso deixava minha mãe mais irritada ainda, porque, verdade seja dita, minha tia era bem mais bonita que ela.

O problema é que meu pai não conseguia ficar quieto. Ele tinha de se mover. Ele tinha de fazer algo. Ele tinha de dizer alguma coisa. E quando ele o fazia, precisava desesperadamente receber alguma resposta, porque as respostas eram a única coisa que lhe conferia a certeza de que fora ouvido...

Era o que minha mãe nunca fazia: responder ao meu pai.

Você vê para onde isso está indo?

Se não, vou dizer a você: o silêncio ensurdecedor da minha mãe forçava meu pai a aumentar seu jogo. Começava contando sobre seu dia, mas ela não ligava. Depois fazia perguntas que ela ignorava. Então gritava com ela, a fazia começar a chorar até o ponto em que ela se retirava da sala.

E quando ela não saía da sala?

Então ele se tornava agressivo.

Não com ela — ele não teria coragem —, mas consigo mesmo.

Começava pelas pequenas coisas, como bater seus dedos do pé no batente da sala de jantar, e, se não fosse o suficiente (ou se ele errasse o alvo), bater seu joelho na lateral pontiaguda da mesa de jantar.

Quando chegava a esse ponto, minha mãe cravava seus olhos castanhos nos olhos azuis dele, e ele sentava e calava a boca. E quando as coisas não aconteciam assim, eu saía da sala.

Por quê?

Porque eu era apenas um menino, muito novo para sair de casa.

Sozinha comigo, minha mãe até que era bem legal. Não realmente envolvida, e nunca feliz, mas legal. Ela me alimentava, às vezes até jogava comigo antes de cuidar da minha higiene. Ela lia para mim e me colocava na cama. Meu pai também lia para mim quando minha mãe mandava, mas ele nunca fez qualquer uma das outras coisas.

Porque ele era um homem.

Ou era o que ele achava.

Uma vez que me tornei adulto o suficiente, eu decidi:

Ir embora.

E então?

Então algo estranho aconteceu. Ao invés do alívio divino que eu esperava sentir — não, o alívio divino que eu mereceria sentir depois de dezenove anos no inferno —, eu me senti mal.

Consciência pesada.

Consciência pesada por deixar os dois sozinhos. Não, não sozinhos, porque isso seria uma bênção, mas por deixá-los na companhia um do outro, em uma relação autodestrutiva.

E então?

Então eu os visitava.

Muito mais do que deveria.

Tanto que até minha tolerante e paciente e bonita e inteligente namorada se encheu e me deixou.

Você traz seus pais mentalmente fodidos para o nosso relacionamento!, ela disse.

Talvez ela estivesse certa.

Por outro lado, talvez ela estivesse errada.

Há apenas uma forma de descobrir: ter outra namorada.

E outra.

E outra...

Então, ela provavelmente estava.

Certa.

Meu primeiro amor.

Eu levava meu pai maníaco e minha mãe depressiva comigo.

Mas quem não traz seus parentes consigo?

Ela não trazia seu pai amante de gatos e sua mãe amazona para o nosso relacionamento?

Se não, por que nós tínhamos um gato mijador de carpetes chamado Caruso?!

Se não, por que nosso pequeno apartamento constantemente cheirava a merda de cavalo?

Todos nós trazemos nossos pais conosco.

Dentro dos nossos relacionamentos.

E fora deles.

Não porque eles sejam modelos de conduta, porque modelos de conduta podem ser escolhidos, mas porque eles estão em nós.

Onde quer que estejamos, eles estão.

Para sempre amantes, como os pais dela, ou eternos beligerantes, como os meus.

Eles seguem conosco, mudam de casa conosco e nos acompanham para sempre.

Para sempre?

Sim, fantasmas como esses nunca morrem.

Esses malditos te seguem até você morrer, e eles seguem seus filhos e seus netos, e é assim para sempre, como se tivessem vida eterna.

Como eu poderia enterrar as manias do meu pai e as depressões da minha mãe?

Para mim já era tarde, por óbvio.

João Batista e o apocalíptico João sempre ficariam lutando na minha mente. Mas como eu poderia proteger meus filhos dessa bipolaridade?

Havia apenas um jeito:

Não os ter.

QUANDO ESQUEÇO O TEU NOME
Nagibe Melo

Nunca fui bom com nomes. Sou capaz de ver uma pessoa uma única vez e nunca mais esquecer o seu rosto, mas os nomes me fogem.

Lembro apenas o número do apartamento. 704. Aperto a campainha. Espero. O corredor é longo. Em cada andar deve haver uns oito *flats*. Este fica no meio do corredor. A luz chega minguada. Me imagino em uma foto em preto e branco. Uma silhueta preta de pé, em frente a uma das portas, contra uma janela pequena no final do corredor. Uma sensação de profundidade, silêncio, solidão e espera. Aperto de novo a campainha. Aguardo.

Ela abre a porta de uma vez. Sem se certificar da minha identidade. Acredito que tenha olhado antes pelo olho mágico. De todo modo, ela não me conhece. Talvez tenha conferido apenas se pareço ameaçador. Ela se apresenta de corpo inteiro, de frente para mim. Imagino que seja ela pelos cabelos longos e loiros. Cabelos descoloridos, ressecados nas pontas, levemente cacheados. Têm algum balanço, os cabelos. Por alguns segundos ela fica imóvel em pé, olhando pra mim, uma das pernas levemente flexionada, o quadril um pouco para o lado apoia uma das mãos, a outra desce naturalmente ao longo do corpo. Não muito naturalmente, lânguida demais. Toda a pose é de quem faz charme. Não consigo divisar completamente a cor dos olhos, a luz é pouca. Castanhos. São olhos castanhos claros. Ela usa um *shorts* branco estampado em vermelho, pode-se ver que o tecido é fino, cai da cintura, contorna as nádegas firmes com muita leveza.

O *shorts* curto, não muito curto a ponto de ser vulgar, mas curto o suficiente para ser provocante, deixa ver as pernas bronzeadas bem torneadas. Imagino quanto tempo ela passa na academia. A blusa é branca de alças e acaba um pouco abaixo dos seios. Ela não usa sutiã. Faz questão de deixar isso muito claro. Os seios firmes e o tecido leve da blusa aumentam a sensação de frescor. É como se ela tivesse acabado de sair do banho. As sandálias de salto com tiras que sobem pelas pernas a tornam mais imponente, mas contrastam com o frescor de todo o resto.

Fico um pouco desorientado. Percebo a marca do biquíni perto das alças da blusa, descendo pelos seios. O tom mais claro da pele protegida pelo biquíni combina com os cabelos ondulados loiros. Imagino quanto tempo ela passa na praia. Sem maquiagem, apenas um batom vermelho, quase róseo. O batom me lembra maçã-gala. O vermelho da maçã-gala é puxado pro rosa. É diferente do vermelho da maçã *red*. O vermelho da maçã *red* é o vermelho da maçã da bruxa. O vermelho da boca da mulher me dá a impressão de Chapeuzinho. As unhas são longas e estão pintadas de vermelho da maçã da bruxa. Tom sobre tom. As unhas me dão impressão de bruxa. Eu espero.

Ela cansa de esperar que eu fale alguma coisa. Uma leve contração no lábio superior direito denuncia o cansaço. Ela cansa de fazer chame. Tenciona a postura.

— Pode entrar — ela diz.

Eu entro. Procuro um lugar para sentar, mas fico em pé. Não digo nada. O *flat* é estreito, quarto e sala, sem paredes. A cama está logo ali, arrumada. Não há sofá. Só tem uma poltrona.

— Pode sentar — ela diz. Eu sento.

— Oi — eu digo. Ela senta na cama, cruza as pernas de um jeito ensaiado. Olha pra mim sem medo, como se estivesse me examinando.

— O que vai ser? — Ela apoia o cotovelo no joelho, segura o queixo com uma das mãos.

— Eu não sei — respondo. Ela revira os olhos, impaciente. Percebo que está com pressa.

— Eu não sei — repito, tentando ser convincente — Acho que estou um pouco tenso do trabalho, sabe?

Ela permanece esperando a resposta.

— Talvez uma massagem, na verdade preciso de uma massagem — eu digo.

Ela fica um instante em silêncio. Vejo na penumbra que as pupilas dela se dilatam um pouco.

— Eu acho que você entendeu errado — ela diz — Eu não faço massagem. Eu só faço o programa.

— Não, não, uma massagem simples, uma massagem, qualquer massagem — eu digo.

— Meu bem, eu não sou massagista profissional, você está pagando pela transa. O seu tempo está correndo. Eu só faço o programa, mas se você quiser uma massagem, qualquer massagem, eu posso fazer a massagem, mas seu tempo está correndo.

— Quanto tempo eu tenho?

— Uma hora. São trezentos reais por hora — ela me lembra.

— Tudo bem — eu respondo. Tento raciocinar, tento ganhar tempo —, ou perder tempo, não sei. Penso no que estou fazendo ali. Uma pesquisa antropológica, respondo para mim mesmo. Sexo é simples. As pessoas é que complicam. Quero o sexo pelo sexo, como uma massagem, uma massagem pela massagem. Ela me olha.

— Tudo bem, você faz a massagem e, se rolar algum clima, a gente faz outra coisa — eu digo.

— Pode deitar — ela diz, enquanto fica de pé.

Eu continuo sentado.

— Quer tomar alguma coisa? — ela pergunta.

— Tem o quê?

— Tem cerveja.

— Tem uísque?

— Deixa eu ver — ela responde enquanto abre o único armário que há ali, um armário baixo, com algumas portas de vidro. De onde estou não consigo ver o que tem dentro do armário. Ela retira uma garrafa de Johnnie Walker, rótulo preto, e um copo.

— Não precisa de gelo — eu anuncio como quem não quer incomodar.

Ela me serve a dose. Eu bebo de um só gole. Sinto o gosto e o cheiro de álcool mais forte que o normal. A minha garganta queima. Os olhos lacrimejam um pouco. As orelhas esquentam levemente. Me pergunto se ela pode notar as orelhas vermelhas. Consigo engolir sem fazer careta.

— Quer um pouco mais? — noto alguma ternura escondida na sua voz.

— Por favor — eu respondo como se quisesse ser gentil. Desta vez não bebo. Estico a mão e repouso o copo sobre o armário. Permaneço sentado. Fico olhando para ela.

— Você gosta de olhar? — ela pergunta, enquanto leva as mãos aos seios por baixo da blusa. Acaricia os mamilos, quase pondo-os à mostra. É bastante bonita.

— Não, não é isso — eu respondo. Sorrio. Me dou conta de que é meu primeiro sorriso depois que entrei. Ela não sorri.

— Acho que preciso mesmo de uma massagem — tento ser convincente.

— Tá bom, deita na cama — ela diz. Eu me deito de bruços — Não vai tirar a roupa? — ela pergunta.

Eu me levanto. Tiro a roupa. Fico de cuecas. Me deito de novo. Ela senta na minha bunda, pernas flexionadas sob os joelhos. Eu sinto o peso dela amortecido e as coxas me apertando. Sinto as mãos nas minhas costas. As mãos são grossas. Imagino o que ela faz para ter as mãos tão grossas. A antropóloga me retorna à mente.

A antropóloga me disse que toda uma seção da antropologia poderia se dedicar ao estudo das mãos, do comportamento gestual, dos rituais com as mãos, das massagens. Encontrei a antropóloga no aeroporto. São Paulo, se não me engano. Perdemos a mesma conexão. Fomos encaminhados para o mesmo hotel. Dividimos o táxi. Ela não parecia professora de antropologia.

— O que você faz? — eu perguntei, já no táxi.

— Antropologia, professora — ela respondeu.

— Ah! Pensei que você fosse fotógrafa ou modelo, não sei, talvez os óculos estilosos — eu disse, querendo puxar assunto.

— Você está dizendo isso porque ainda não viu meus pés. Eles denunciam que eu sou corredora, alguém que não tem tempo. Pareço alguém que tem tempo? — ela perguntou, sem me dar tempo para responder.

— Tô indo correr a maratona de Berlim — continuou.

— Sozinha? — perguntei.

— Meu marido e as crianças já estão lá, eu tenho dois meninos, sete e quatro. E você?

— Eu também tenho dois, um casal — respondi — Estou indo a um congresso, sou do ministério público, sabe? Procurador.

— Ah, você é dos caras que correm atrás dos bandidos...

— Mais ou menos.

Não lembro como continuou a conversa. Lembro que ela falou muito de corrida e de antropologia e dos índios brasileiros. Quando chegamos ao hotel, decidimos tomar uma bebida no bar pra passar o tempo. Eu falei do país e de como vamos mal, muito pior que os índios.

— Aliás, os índios têm direito? — perguntei.

Lembro que isso rendeu uma boa discussão. Falamos da vida, do homem, da mulher, das corridas, filosofia de botequim. Eu disse que não podia correr. Dor nas costas. Ela disse que a maioria das pessoas arranja uma desculpa. Foi quando ela passou a discorrer sobre o uso das mãos na história da cultura, sobre os gestos e sobre os diversos tipos de massagem.

— Todo um ramo da antropologia poderia se dedicar ao estudo das mãos e dos rituais com massagens, sabia? Há massagens religiosas, curativas, sexuais, xamânicas, espirituais, esportivas, artísticas, indianas. Você faz ideia de como as massagens são ligadas à cultura? — ela perguntou.

Aquela era uma pergunta que não exigia resposta.

— Acho que existem tantos tipos diferentes de massagens quantas são as línguas que existem espalhadas pelo planeta. Você sabe quantas línguas existem espalhadas pelo planeta?

— Não, eu não sei quantas línguas existem espalhadas pelo planeta, acredito que umas mil, mil e quinhentas — arrisquei.

— São quase sete mil línguas. Sete mil.

— Uau — fiz de conta que estava impressionado para parecer menos impressionado com ela. Assumi uma postura defensiva.

— Eu só falo uma e arranho outras duas e isso tem me bastado — eu disse.

— Quer experimentar uma massagem nas suas costas? — ela perguntou.

Demorei uns instantes tentando entender o tom da pergunta. Ela me olhando inexpressiva.

— Hein? — foi o que respondi. Poderia ter elaborado uma resposta melhor, mas já tínhamos bebido um bocado. A única coisa que consegui dizer foi "hein?".

— Uma massagem, só uma massagem — ela disse divertida, levantando e agitando as duas mãos.

— Não sei se seria uma boa ideia — eu disse, ainda surpreso.

— Pode ser que seja — ela disse, como se estivesse falando com um menino desconfiado.

— Estou curioso — foi o que me ocorreu falar.

— Já está tarde, apareça no meu quarto em meia hora, eu te faço uma massagem.

Apertei a campainha do quarto. Enquanto esperava, me perguntava se aquela era uma boa opção. Era só uma massagem, não era? Talvez não fosse de todo mau. Ela abriu a porta sorrindo, estava de short de corrida bem frouxo, curto, para não atrapalhar as passadas, camisa de malha. Pés descalços, o dedão esquerdo machucado. Eu olhei para as pernas dela por um segundo a mais do que deveria, davam impressão de força, determinação e conforto. Eu poderia naufragar naquelas pernas. Foi quando pensei que ainda poderia desistir. Na camisa estava escrito: "I only use my anthropology super powers for good".

— Entra. Quer beber alguma coisa?
— Acho que já bebemos demais, água seria bom — eu disse.
— Acho que só tem cerveja — ela brincou — Onde é que dói? — perguntou.
— Na lombar — eu disse, levando minhas mãos às costas.
— Então deita.

Eu me deitei vestido, cansado. Ela sentou na minha bunda, pernas flexionadas sob as coxas. Primeiro ela se apossou do meu espírito, depois do meu corpo. Lembro do primeiro toque nas minhas costas. O toque. O momento exato em que a barreira que separa e protege um corpo dos outros corpos foi rompida. Não houve invasão. Havia uma espera calma como um lago num dia sem vento. Havia um movimento fluido, sem sustos, como um rio que aos poucos se despeja naquele lago. Eu senti bocado a bocado a pressão do peso dela na minha bunda, nas minhas costas, nas minhas pernas. Senti o poder das pernas dela abraçando as minhas nádegas e as minhas pernas. Depois senti as mãos, os antebraços e os cotovelos em movimentos fluidos. Senti quando ela levantou minha camisa. Me virei, a minha língua sentiu a língua dela, o meu peito sentiu os seios dela, o meu corpo sentiu o corpo dela e já era muito tarde para pensarmos que era apenas uma massagem.

Deitamos de lado, um olhando para o outro, cabeças nos travesseiros. Ficamos nos olhando, a luz amarela do banheiro produzia um efeito dourado nos cabelos dela.

— Sou casado, acho que já te disse.

Ela sorriu um sorriso que de algum modo combinava com os olhos levemente azuis.

— Eu também. Relaxa, entre nós é só sexo — ela disse, apontando o dedo para mim e de volta para si — Sexo é simples — completou.

— Nunca é só sexo — eu disse.

— Por que as pessoas complicam tanto? — ela perguntou de modo displicente — Sexo é sexo, casamento é casamento, amizade é amizade, encantamento é encantamento. Às vezes essas coisas se misturam e isso é bom ou ruim, não sei ao certo. Nós nos encontramos no aeroporto, você é alguém interessante, posso ser tua amiga, mas isso não quer dizer mais do que é. O que você acha? — ela perguntou.

— Acho que quero ser antropólogo — respondi.

— E quem vai pegar os caras? — ela brincou.

É a última coisa de que me lembro. Adormeci.

Quando acordei, ela havia ido. Não lembro o nome dela. Sou péssimo com nomes. Não lembro de ter perguntado o nome dela. Não lembro de ela ter dito o próprio nome, ainda que de maneira displicente, como quem responde se está tudo bem. Ela deve ter dito, em algum momento ela deve ter dito, ou eu perguntei e ela acabou não respondendo? Ninguém conversa o que a gente conversou sem perguntar o nome, sem dizer o próprio nome, sem se apresentar. A menos que tenhamos entrado em um jogo. A essa altura já não lembro se entramos em algum jogo. Será que ela é mesmo professora de antropologia? Ou apenas maratonista? Ou nenhuma das duas coisas?

A culpa me perseguia, uma culpa estranhamente libertadora. Sou alguém que acredita que casamento é bom e que o meu casamento é ótimo. Sempre acreditei que fidelidade é importante, não apenas uma convenção social. Comecei a pensar com mais frequência que as pessoas complicam muito as coisas: sexo é sexo, casamento é casamento, amizade é amizade e às vezes essas coisas se misturam. Qual o problema? O problema é que tudo isso passou a me assombrar. Isso não é natural como ela disse que era. Não comigo. Não assim. O problema é que eu não pude mais encontrá-la. Basicamente, eu não sabia mais como encaixar o sexo na minha vida. Isso foi me dominando aos poucos, fiquei obcecado com a ideia. Comecei a procurá-la em tudo que é site acadêmico, artigos de antropologia, professoras de antropologia, referências acadêmicas, artigos científicos com as palavras-chave antropologia, massagem, mãos. Tudo em vão. Não consegui nenhuma pista do nome dela. Foi quando decidi contratar uma garota de programa. Dizem que há uma primeira vez para tudo.

Acordo. Ela cochicha no meu ouvido.
— Ei, gostosão, já se passaram quarenta minutos. Quarenta minutos de massagem. Lembra? Você tem apenas mais vinte minutos — a língua dela invade minha orelha. Eu tenho uma leve ereção.
— Qual o seu nome? — pergunto.
— Priscila — ah, Priscila. Lembro que o nome que estava no site era Priscila.
— Sim, Priscila, mas o seu nome de verdade, qual é?
— Fernanda — ela responde.
— Não acredito — eu digo.
— Qual o seu problema com nomes? Nós vamos trepar ou não? — Noto uma impaciência, um certo medo na voz dela.
— Calma, calma, não é nada, é que eu procuro o nome de uma pessoa que não é você. Eu conheço a pessoa, sei quem é a pessoa, mas não sei o nome da pessoa — tento explicar.
— Você é um sujeito esquisito — ela diz, se pondo de pé na cama.
Me viro. Vejo que ela está nua, com a mesma postura de quando abriu a porta. Os pelos pubianos cuidadosamente raspados. É possível ver toda a beleza do corpo feminino nu. A luz amarela do banheiro ilumina-a frontalmente. Os cabelos caem fazendo uma sombra sobre mim. Admiro a visão do corpo dela.
— Não vai me dizer seu nome?
— O que importa o meu nome, caralho!? — ela quase grita — Antônia, Melissa, Sheila ou Francisca!? Que merda importa o meu nome!?
Trissia. O nome da antropóloga é Trissia Steinhausen. Consigo lembrar.

DE FILHO PARA PAI
Nazaré Fraga

Era uma noite comum, no meio da semana. O interfone tocou.

— Alô!

— Boa noite, dona Lúcia. O senhor Edson Tomás está aqui embaixo para visitá-la.

— Quem!?

— O senhor Edson Tomás. Posso mandar subir?

— Espera aí, não conheço ninguém com esse nome.

— Ele disse que a senhora o conhece como Raghu Feitosa.

— Ah, o Raghu! Pode mandar subir.

Não era a primeira vez que Raghu aparecia assim, depois de anos, sem telefonar ou fazer qualquer outro tipo de aproximação. Em duas outras vezes, tinha aparecido com desculpas esfarrapadas para justificar a visita. Na primeira, usou o pretexto de pedir para ela a indicação de um psiquiatra para uma tia deprimida. Na outra, pediu que lhe sugerisse um psicoterapeuta, dessa vez para um primo adolescente que vinha apresentando comportamentos estranhos.

Lúcia tratou de vestir às pressas algo que lhe permitisse receber a visita inesperada. Morava sozinha e já estava com roupa de dormir. Enquanto se trocava, rápidas lembranças de décadas anteriores lhe passavam pela mente.

Os dois se conheceram no tempo em que moravam no mesmo bairro, na mesma rua, e viviam uma pobreza igual. Ele vinha de uma família de três irmãos homens. A mãe era dona de casa e o pai, assalariado, tinha constituído nova família e tinha que repartir o parco dinheiro para manter, também, a mulher e uma filha da união anterior.

Naquele tempo, os dois haviam tido uma paquera (resumida a muitos olhares, poucas palavras e quase nenhum toque). Eram apenas adolescentes. Viam-se em situações coletivas, não houve um só encontro a dois. Romances de Machado de Assis, José de Alencar e Jorge Amado, que o irmão dele possuía e ela tomava de empréstimo para ler, foram algumas das pontes de acesso desse afeto até então quase de todo inconfessado.

A Ditadura Militar se instalou, operou com suas garras e os separou repentinamente. Ele era universitário e militante político de esquerda. Foi preso em 1968 e, como era comum nos processos judiciais da época, não houve apelação que o livrasse de cumprir nove amargos anos de prisão. Foi capturado em meio a um assalto a banco no qual os revolucionários urbanos tentavam obter recursos para forjar a luta armada pretendida pela juventude politizada de então. Já cumprindo pena, soube pelo advogado que, quando foi sacramentada a condenação, os jornais estamparam sua foto e seu estranho nome junto com outros presos políticos, destacando a condição de subversivos e terroristas.

Lúcia era do interior; tinha vindo para a cidade grande a fim de estudar. Era mais jovem que ele. Quase recém-chegada, nem se apercebeu direito do que começava a se passar no país e na cidade onde morava. Alguns anos depois, ela entrou na universidade. Só nessa época foi tomando ciência dos meandros da ditadura que eliminou, fez sumir, torturou e encarcerou incontáveis opositores do regime. Eventos macabros suficientes para fazê-la tornar-se também de esquerda e, posteriormente, filiar-se ao sindicato de sua categoria profissional, engrossando a mobilização social que lutava pelo fim do regime de exceção e por eleições diretas para todos os cargos políticos.

Quando a pressão popular pela abertura política já era uma força potente, ela estava fazendo mestrado em uma capital da região Sudeste. No meio do ano de 1979, quando voltou à cidade onde moravam, Raghu tinha acabado de sair da prisão.

Uma amiga em comum, militante da Anistia Internacional, deu a boa notícia da recente libertação. Foi então que se reencontraram e namoraram por vários anos. Ela era professora universitária em franca ascensão profissional. Ele havia retomado e tentava concluir a universidade. Sem renda, tinha uma bolsa de trabalho da própria universidade para as mínimas despesas. Ainda desnorteado pelos muitos anos de cárcere, tentava curar as feridas deixadas pela prisão, que se acumularam às de uma vida familiar rica em problemas e de poucos afetos. Havia entre eles admiração mútua e amor. E muitos desencontros. Devido ao desgaste da relação, separaram-se, e vários anos depois cada um se casou. Até isso acontecer, volta e meia se encontravam e se enrolavam. Era uma rotina que convinha a ambos.

Da época do namoro, vieram à memória de Lúcia várias imagens. Raghu era sensível, tímido ao extremo, muito inteligente e tinha bom caráter, mas faltava-lhe proatividade. É mais exato dizer que era extremamente reservado, pouco sociável. Tinha dramas relacionados ao pai ausente, que não exerceu bem seu papel de provedor material e afetivo da família. Além de tudo, foi registrado sem o sobrenome da mãe.

Principalmente pelas questões relacionadas ao fato de carregar um nome com o qual não convivia bem (mas não só por isso), Raghu não tinha boa relação com o pai. O avô paterno era um escritor já falecido e gozara de relativo sucesso naquele estado nordestino, e isso aumentava sua indignação em relação ao único sobrenome que o pai lhe atribuíra, Feitosa. Embora não carregasse o sobrenome da mãe, o que se traduzia em uma lacuna importantíssima em sua identidade psicológica, o desconforto se iniciou quando ainda era criança, porque o prenome Raghu lhe rendeu chacotas incontáveis nos tempos de colégio. "*Lá vem o rango*", "*Olha a comida chegando*" e "*Vem cá, minha comidinha*" foi o mínimo que ele ouviu e suportou dos meninos. Sofrimento imenso para quem já era tão tímido.

Nos tempos de namoro, ele se queixava daquela composição incomum de um nome formado por apenas duas palavras, Raghu Feitosa, como algo que lhe causava muita dor, aversão mesmo. E atribuía aquele sofrimento todo a um capricho do pai, o que ele não perdoava em absoluto. Raghu, entre outros, significa filho de Buda. Na sua ira, pensava, aquilo era, sim, um nome filho da puta. Logo ele, que era declaradamente ateu e pouco afeito às coisas espirituais, tinha que carregar a contragosto um nome com significado tão oposto ao que sentia e pensava. Filho de Buda!

Muito inteligente, passava em todos os bons concursos, mas quando assumia, tinha problemas de adaptação e não se estabilizava, por mais promissor que fosse o cargo. Vivia pulando de emprego em emprego. Por fim, mesmo com título universitário, encerrou sua vida profissional como servidor público de nível médio.

Há cerca de quatro anos ele reapareceu, após o distanciamento motivado pelo casamento de cada um. Do nada. Não tinha nem mesmo feito qualquer comunicação prévia depois que ela mudara de endereço. Mas ele a encontrou. Já estavam ambos separados. Ele era pai de um filho adulto que se chamava Thomas Edison e voltou a morar com a mãe nonagenária.

Raghu e Lúcia ainda se gostavam e se admiravam. Tinham trajetórias de vida distintas, mas ricas em temperatura e cores. Exercitavam um humor leve e fino — um dos aspectos que ainda davam consistência prazerosa a cada encontro, mesmo depois de tantas décadas. Atualizavam as conversas e riam desbragadamente. Falavam sobre os amigos e respectivos familiares. Ela estava aposentada havia alguns anos e entregue a novos projetos; ele estudava piano. Novos tempos na vida de dois velhos, quase só amigos. Ele ainda a fitava com um olhar iluminado. Ela aparentava não se interessar, a despeito das boas lembranças.

No encontro aqui narrado, ela já passava dos sessenta anos e ele fechava os setenta. Mas sempre, entre um homem e uma mulher que se amaram, há algo de mistério que alimenta — mesmo que momentaneamente — uma doce curiosidade, um afago na autoestima que se dá até pelo simples fato de um mostrar-se interessado no outro e sempre procurá-lo no decorrer de uma longa existência.

Ela relembrou tudo isso e mais, muito mais, na fagulha de tempo correspondente a cerca de cinco minutos, enquanto ele subia. A campainha chamou.

— Eita, Raghu! Que surpresa!

— Gosto de te fazer surpresas. E dessa vez vim dizer que mudei de nome.

— Deixe de brincadeira, seu terrorista sênior!

— Disso de terrorista eu também já me aposentei. Não estou brincando, não.

— Continuo sem acreditar. Mudar de nome a essa altura da vida?!

— Pois é. Acho que só depois da morte do velho me senti livre para isso. Agora tenho um nome verdadeiramente meu. Sou uma das poucas pessoas no mundo que pôde escolher o próprio nome: Edson Tomás Correia Feitosa.

— Você e suas surpresas! Hoje você deu foi um nó bem grande na minha cabeça. O que é que eu vou fazer com esse Edson Tomás Correia Feitosa? Minhas lembranças são povoadas por Raghu Feitosa, não tenho como refazê-las!

— Não achava que você fosse ficar tão surpresa.

— Antigamente, você vivia me falando da indignação por se chamar Raghu Feitosa. Depois me contou como foi forte o momento de escolher o nome do seu filho. Mas daí a mover uma ação para trocar de nome aos setenta anos!

— Carreguei aquele nome pela vida e pelo mundo afora. Com que raiva! Isso chegou a confundir meus pensamentos e roubar forças que me permitiriam viver melhor a vida. Você sabe muito bem disso.

— Sei, sim. E como você chegou ao danado deste nome novo?

— Acrescentei o sobrenome Correia, da mamãe, que o velho tinha me negado. E mantive o dele.

— E por que o Edson Tomás?

— Muitos pais costumam colocar o próprio nome no primeiro filho. No meu caso, resolvi adaptar o meu nome ao do meu filho, que é Thomas Edison. Depois ainda me arrependi, poderia ser mesmo Thomas Edison, e não Edson Tomás.

— Pois deixa eu te contar: a criatura aqui foi se aproximando da velhice e seguindo novos caminhos. Virei budista. E justo você, referência afetiva importante na minha vida, que tinha um nome que significava filho de Buda, chega aqui em casa se anunciando como Edson Tomás Correia Feitosa!

— Juro que nem em sonho eu poderia imaginar essa reviravolta na sua vida! Hoje você também me surpreendeu.

— Pois é.

— E vou lhe adiantando que nas próximas vezes se anuncie como Raghu. Pra mim você é Raghu. Eu passei a minha vida lhe chamando de Raghu. Você mudou de nome, mas pra mim continua o mesmo. Não tenho como refazer minhas lembranças.

QUASE MORTE
Ronaldo Queiroz

Mundico, assustado, percebe a luz através das palhas que cobrem o casebre. Põe a cabeça na margem da tucum, fazendo cara feia, acomodando o lado dolorido do corpo mirrado. Acompanha os filetes de luz que atravessam as brechas da porta e encontra o dia pela janela. Um sacodido divide suas costas em duas partes iguais. É como se o ronco desaforado do pai perfurasse seus sentidos pela corda da dormida, o que deve magoar suas feridas. No intervalo dessa penetração rítmica, o menino salta da tucum, imerge no frio do chão pelos pés pretos. Um passo e recepciona preocupado o azulado da manhã. Outro passo e sente a trepidação da tucum já fora do compasso do ronco do pai. No terceiro encontra o pote. Os dedos alongados se esforçam a catar caroços d'água no fundo. Dois deles encontram os olhos, lubrificam-nos. Uma onda sonora furiosa estremece os sentidos do menino. Atordoado, tropeça no próprio instinto e esbarra no pote. Os olhos de Mundico se esbugalham com a cena. Dá para ver o sangue saltando dentro da curva da artéria do pescoço.

A voz do pai estremece o casebre como uma trovoada: "Que foi isso, Mundico?". Zonzo, o menino pisa num dos cacos de barro cozido. Ele não vê, mas os dedos grandes e calejados do pai cortam a claridade e queimam seu rosto como brasa. Mundico berra a plenos pulmões. Outra trovoada: "Dessa vez eu te mato, Mundico!". E o menino se joga pela janela e corre. Ganha o mato. Desesperado, olha se não é seguido pelo pai. Ofegante, vai quebrando galhos, fazendo trilha sem ter caminho. Não sabe em que direção seguir. Um canto soa pelas matas e guia o menino: "O meu cavalo estava caído no juremal. Levantei ele. Levantei ele. Levantei ele no juremal". Mundico, já cansado, é guiado até uma trilha que não conhece. Encontra o primo Piá trepado, que lá de cima olha entristecido para a marca no rosto do primo. Mundico num salto de fugitivo sobe o tronco, troca mãos e pés sobre galhos, na alternância, solta o grito: "Já tá bem no ôim, ein, Piá?!".

— Eu duvido tu chegar aqui, Mundicoooo!
— Aí é? Olha! Olha! Olha! — e chega ao lado do amigo.
— Eita que tu tá que é um soim!

Mundico pia feito o bicho e os dois soltam risos galopantes que escorregam pelos galhos tortos. Um pisoteio no terreiro assusta o Mundico. Piá olha desconfiado para o primo. Quer perguntar se há algo de errado. Outro pisoteado sufoca o ar de Mundico.

— Francisco, tá mais quem aí?
— Mais Mundico, mamãe.
— Pois vocês tenham cuidado. Já hoje ouvi zumbido de marimbondo. Ainda não vi onde fizeram casa.
— Pode deixar que se eu vê eu derrubo!
— Nem de brincadeira. Tá doido, Francisco?
— Tá certo, tia Bastiana.
— Ô Raimundo, como que tá teu pai?

Mundico fica mudo. Um zunido golpeia a orelha de Piá, que vai ao chão. Mundico dispara risos como baladeira a pedras. Tia Sebastiana corre atenta para acudir Piá, que não se mexe. Mundico estranha o corpo imóvel. Desce. Sebastiana chama por Francisco. Mundico empurra o amigo com o pé. Repete o gesto. Um ar de desespero se manifesta nos dois, tia Sebastiana e Mundico. A mãe se aproxima do filho caído, os olhos já marejam, avermelha-se a garganta, um choro rouco se anuncia. Mundico, desesperado, sacode Piá, que joga os braços para o ar com um grito.

— Peguei os bestas!

Sebastiana, Piá e Mundico caem no riso.

— Tu quase me mata, Francisco, deixa disso, menino!

— Pensei que tu tinha se encantado, Piá.

— Creio em Deus Pai! — E a tia Sebastiana faz o belo sinal.

— Ferrei dois peixes bem ferrados! Bem ferrados! Enganei os abestados! — repete Piá, feliz, entre gargalhadas. De repente, um grito foge de sua goela mínima. Um marimbondo marca o seu pescoço. Sangue espirra da mordida junto com seu grito desaforado.

— AAAAAAAAAAIIIIIIIIIIIÊÊÊÊÊÊ!

— O que foi? — pergunta Mundico, assustado.

— O diabo do marimbondo que me mordeu.

A casa dos marimbondos se mostra pelo zumbido dos insetos, que ganha volume não se sabe por quê.

— Urra! Chega tá fervendo, Mundico. Bora derrubar?

— Eu, não. Eles vão morder a gente.

A tia Sebastiana manda os meninos saírem de perto da goiabeira e vai ao mato lá por detrás da casa. Piá, depressa, busca uma pedra e não encontra. Acha uma goiaba ruída.

— Espera, Piá, deixa a tia voltar, não mexe nos bichos, não.

— Diabé isso, Mundico? Tá com medo dos bichos?

A goiaba mal ganha altura e cai. Deve ser porque é maneira ou a força que foi pouca demais. Decidido, Piá caça no chão outra coisa. Acha uma pedra e, antes de o primo se pronunciar, lança-a contra a casa de insetos. Mundico grita "nãããoooo", parece querer conter ou desviar o trajeto da pedra. Inútil. O barro se desfaz em enxame-redemoinho que ferve o ar e vai à procura dos dois meninos.

— Corre, Mundico, lá vêm os bichos!

— Ai, ai, ai, ai, ai! — planta o pé na carreira o menino Mundico, seguido de seu primo.

— Francisco, diacho de menino teimoso duma figa! Vão pro rio.

Corre Mundico, batendo as mãos no rosto, na cabeça, nas costas, na barriga. Logo atrás, Piá põe as mãos na cabeça e, com os cotovelos, abre caminho. Passa pelo primo, que vai diminuindo o ritmo. A tia Sebastiana fica sem saber o que fazer, se vale de tudo o que é santo, até, enfim, pedir aos encantes a intervenção no desatino. Piá pega no braço do primo, o puxa com os olhos e o franzido da testa.

— Corre, Mundico, corre, vambora pro rio! Bora!

— Piá, tô ficando tonto...

O enxame se agrupa sobre a cabeça dos meninos. Piá e Mundico são afastados pelo redemoinho de zumbido, que até parece chicotear os dois de tanto que os marimbondos os mordem. Os "ai, ai, ai, ai, ai, ai", "aiêêêê" dos dois fugitivos desembestados à procura do rio chegam aos ouvidos do Pé Largo, pai do Mundico, que encontra a prima Sebastiana ainda assustada e que, de tão nervosa, já fala do acontecido.

— O Mundico não se dá com mordida de bicho!

— Meu Deus, Quino, não acredito! Corre lá que foram para o rio.

Um passamento dá no homem, que anda apressado, mas meio sem querer ir. Parece que deu alguma coisa nele. O andado dele não tá normal. Tá caminhando se segurando nos paus. Ele vê o rasgado de mato dos dois meninos. Percebe o enxame de marimbondos pelo zunido. Anda com cuidado, mas parece que está parado o redemoinho de insetos.

Piá avista a ribeira do Curu, sem perder o passo, corre pelo galho da mangueira, que faz ponte para o rio, e salta. A frieza da água acalma o fervor de dentro e de fora do corpo, silencia o ambiente. Piá, o piaba, se demora submerso. Vai ver ele encontrou um cardume de lembranças dos banhos de rio e não quer mais emergir, ou decidiu perseguir uma carapeba, sei lá. Um conforto apropriado para a ocasião, mas o Mundico não está no rio. Piá sobe e seus olhos estão bem assustados. Caminha para a margem. A cada passo, sente as pisadas cada vez mais pesadas. As pernas vão afundando numa lama que não reconhece. O queixo começa a bater. Fica de ponta de pé e logo boiando. O rio incha, aumenta de tamanho, só dá pra ver a cabeça do menino, que vem vindo na direção da mangueira. Piá avista Mundico caído na ribanceira. Um grito forte, volumoso, grave, atordoante, quase uma trovoada, assusta o menino. Piá parece tentar entender de quem é aquele grito, que, de tão forte, faz ondinhas na água que tocam a sua cabeça.

O rio começa a borbulhar em torno de Piá, avoluma-se para cima. As águas encontram as mordidas dos marimbondos no corpo do menino caído. Elas conduzem uma voz que canta repetidas vezes "O meu cavalo estava caído no juremal. Levantei ele. Levantei ele. Levantei ele no juremal". Uma mulher emerge ao lado de Piá. De braços abertos e com sorriso generoso, ela dá seguimento à canção, lavando as feridas do Mundico. O menino, há pouco dormido, abre os olhos, salta um sorriso e se atira no colo da mulher. O abraço parece preencher uma saudade profunda como o rio.

Um leito de lágrimas escorre na face do homão, roxa por gritos desesperados, vomitados sobre a imensidão d'água. Piá acompanha o rio puxar o corpo do primo. A tia Sebastiana ainda alcança a irmã levando seu sobrinho e também canta "O meu cavalo tava caído no juremal. Levantei ele. Levantei ele. Levantei ele no juremal". Piá, entre engasgos de choro, pergunta para a mãe por que ela canta se o primo está morto.

— Foi quase morte, meu filho. Raimundo encantou-se.

ESMERALDA
Socorro M. Magalhães

Esmeralda é o nome de uma pedra preciosa de cor verde, muito bonita, muito apreciada, muito desejada, e era assim também uma linda moça de olhos verdes que tinha esse nome. Morava numa aldeia de pescadores, numa localidade denominada Pontal, no interior do estado.

Pontal é um lugarejo que se formou entre um rio e o mar. Do lado leste, o rio; do oeste, o mar, e lá na frente o encontro dos dois, formando uma paisagem tão bela que só a natureza pode proporcionar. A vida era tranquila naquele lugar, habitado principalmente por pescadores, entre os quais a família de Esmeralda. Levavam uma vida simples, pacata, sem pressa, sem a modernidade de uma cidade grande.

Esmeralda aprendeu a ler e escrever — fato incomum às moças daquela época e daquele lugar, onde as meninas só aprendiam basicamente a cuidar da casa, do marido, dos filhos e a fazer renda de labirinto, arte que era ensinada de mãe para filha. Era uma tradição. Esmeralda era uma rendeira de mão cheia, como diziam as velhas senhoras que avaliavam o trabalho das mais jovens e o consideravam bem feito.

Mas ela não se dedicava tanto a tal tarefa porque gostava mesmo era de escrever, hábito então bastante "diferente". Ela gostava de escrever poesias, o que era mais difícil ainda para as pessoas compreenderem. Pessoas simples, sem instrução, rudes até — como iriam apreciar poesias? Ainda mais feitas por uma mulher? Comunidade com valores culturalmente machistas, não valorizara o dom maravilhoso daquela jovem. Mas isso não inibia Esmeralda, que continuava escrevendo para seu próprio deleite e o de quem quisesse ler.

E foi num dia ensolarado, buscando inspiração às margens do rio, que Esmeralda conheceu seu grande amor. O rapaz surgiu de repente, e ela nem se deu conta de como ele chegara, pois estava absorta em seus escritos. O rapaz se aproximou dela, que a princípio teve medo, pois não o conhecia e percebeu que ele não era da região. Não era um nativo. Esmeralda teve medo e vergonha de falar com um desconhecido. Mas ele foi muito gentil, educado e respeitador, e isso intrigou mais ainda aquela jovem, desacostumada de rapazes tão atenciosos.

Ele se apresentou, disse que se chamava Raimundo e que estava de passagem. Tinha vindo de Jaguaribe na jangada do Seu Felismino e pretendia ir para Aracati. Esmeralda disse-lhe seu nome, e Raimundo logo perguntou-lhe se era por causa de seus olhos, que eram verdes como a pedra preciosa. Esmeralda não sabia, não conhecia a pedra que tinha o seu nome. Ou ela tinha o nome da pedra? Não sabia por que seus pais tinham lhe dado aquele nome.

Raimundo logo se encantou com tudo que via ali. A beleza ingênua daquela moça, as margens daquele rio, cercado de uma paisagem deslumbrante, com árvores ribeirinhas, pássaros cantando e pequenas garças passeando na areia limpinha da beira do rio. Lá ao longe, viam-se pequenos botes com pescadores lançando suas redes, na prática de atividades cotidianas.

Aquele momento foi mágico para Esmeralda e Raimundo, que se olharam, conversaram e se apaixonaram. Ele não seguiu viagem como falara que pretendia. Ficou em Pontal. E tratou de cortejar Esmeralda, que, mesmo com receio do desconhecido, arriscou-se e casou com Raimundo, que passou a ser conhecido por todos como Mundo. Viviam numa casinha pequena, muito simples, bem perto do mar. Mundo não pescava; ajudava a atracar as jangadas, comprava e vendia peixes. Quando perguntado por que não ia pescar, ele respondia:

— Já fui encantado por uma sereia... Não quero voltar ao mar.

E ria... e os outros também riam. E levavam na brincadeira, história de pescador, ficavam a pensar. Até mesmo para Esmeralda ele dizia isso, que já fora encantado por uma sereia e convivera com ela em alto-mar. Esmeralda ficava intrigada com aquela história, mas não contestava o marido. Achava que era prosa dele, ou pelo menos queria acreditar nisso, já que não sabia muito sobre o seu passado. Sabia que ele era um homem bom, que gostava dela e aceitou que ela escrevesse suas poesias, e até gostava, dizia-lhe isso. E a de que ele mais gostava era a que Esmeralda tinha escrito sobre o primeiro encontro deles e o significado de seu nome, que veio a saber por Mundo naquele dia. Embora não conhecesse a pedra preciosa, ela escreveu versos sobre esmeraldas, o verde das águas do mar, das árvores do mangue e o amor que nascera entre eles. Isso agradou muito o marido, que às vezes dizia: Esmeralda, Esmeralda, minha preciosa.

Mundo era um bom marido, mas às vezes ficava estranho. Saía sozinho muito cedo e ficava na beira do mar, olhando o infinito. Será que estava se lembrando da sereia? Não sabia e ele também não falava. Apenas parecia melancólico, e Esmeralda percebia, mas talvez, com medo de descobrir alguma verdade indesejável sobre o passado de Mundo, não falava nada. Traduzia tudo em suas poesias.

Aconteceu, porém, que um dia os pescadores ficaram doentes e não tinha ninguém para ir pescar. Só quem estava bem eram Mundo e Dedé, que era filho do Seu Zé Tubarão, um pescador antigo daquele lugar. Dedé era um garoto que ainda não sabia pescar. Apenas ajudava o pai quando chegava da pescaria. Não teve outro jeito. Mundo teria que enfrentar o mar. E assim foram os dois, Mundo e Dedé. Esmeralda ficou muito apreensiva, pois seu marido não era pescador. Pelo menos nunca tinha lhe dito que era, e também não tinha ido antes acompanhar pescadores ao mar.

E realmente ele foi, mas não voltou. No dia seguinte, Dedé voltou com a jangada cheia de peixes, mas Mundo não veio. Dedé contou a todos que eles tinham passado a noite pescando e que Mundo era um exímio pescador. Mas, após a lida, ele tinha desaparecido. Disse o garoto que eles pararam para descansar e Dedé estava com muito sono. Ouviu quando Mundo disse-lhe que estava ouvindo o canto da sereia o chamando. Dedé adormeceu e quando acordou estava perto da praia, sozinho. Não sabia como tinha chegado lá, nem como Mundo desaparecera no mar.

Esmeralda sofreu muito, principalmente porque não teve tempo de dizer ao marido que estava grávida. Criou o filho sozinha, com muitas dificuldades. Nunca mais arranjou outro marido, embora fosse jovem ainda e muito bonita. Muitos eram os pretendentes, mas ela sempre os rejeitou. Só pensava em Mundo. Tornou-se conhecida por todos daquele lugar como a mulher que escrevia poesias. Contava a vida numa localidade praiana, diziam aqueles que conheceram suas poesias. Falava muito sobre a natureza, as águas abundantes, tanto do rio quanto do mar.

Ela sabia descrever em lindos versos as peculiaridades daquela comunidade, o encontro do rio com o mar, a coragem dos pescadores de entrar mar adentro enfrentando perigos em embarcações precárias em busca da sobrevivência. Ainda hoje os pescadores usam jangadas e botes artesanais para pescar. Mas, antigamente, tais embarcações eram mais rudimentares e o perigo era maior ainda. Contam os que conheceram Esmeralda que, apesar do que escrevia, não chegou a ser reconhecida por um público maior. Envelheceu escrevendo poemas, esperando Mundo, que nunca voltou.

Pontal cresceu e Esmeralda continuou a escrever seus versos, emocionando as pessoas do lugar. Era convidada para declamar suas poesias nas escolas, na igreja e em qualquer outro lugar de festejos, em datas comemorativas como dia das mães, dia dos pais etc. E lá ia Dona Esmeralda, já com bastante idade e muita experiência de vida, declamar suas poesias. O amadurecimento, o sofrimento, tudo transformado em palavras de amor à natureza, às pessoas, à vida. Em tudo ela retratou o amor — o vivido e o perdido, como o do seu Mundo.

Ao ser convidada para participar das festividades, ia com prazer e mostrava todo o seu talento. Fazia-o de forma esplêndida, deixando todos embevecidos com tantas coisas bonitas. E ela sempre recitava a que falava sobre o significado de seu nome, aquela de que Mundo tanto gostava! Era realmente muito especial. Muito emocionada, só não conseguia ler toda a poesia que descrevia o encantamento de seu Mundo pela sereia do mar de Pontal.

A MEMÓRIA DO NOME
Stênio Gardel

O vento da noite esculpe o frio que entalha o corpo, e o corpo treme, encolhe-se, resiste quebradiço entre o pedaço de papelão amarelado e as tábuas do banco, ventre afeito, ele se abraça, se abrasa, o vento afia-se, sopra de todos os lados para derreter o pouco de calor que lhe restava no estômago árido, ávido pelo prato de sopa quente, e na lembrança solar, o cobertor de verdade colocado em cima dele por uma mulher mais velha, uma mulher sem rosto, o vento levou as feições e os gestos e moldou a face inacabada de uma estátua de gesso com profundas manchas negras que lhe engolfavam a luz dos olhos, a cada noite menos luz, menos calor, a cada noite o frio oprime mais a luz e suprime de nós a mulher sem rosto e o prato de sopa quente e o cobertor de verdade, porque o frio vibra o corpo e quebra a mente, lembranças congeladas e fraturadas onde ele não poderia alcançar, suas mãos não teriam energia para ir tão longe e tocar tão frio, ele só tem energia para segurar o pedaço de papelão amarelado sobre o corpo e me segurar e não permitir que o frio também me congele e me afaste dele, e, no fim, nem a mim ele possa alcançar, isso não, em mim ele tem ainda fagulhas de outras lembranças, não, de mim ele não pode se soltar, porque sem mim ele existiria quebrado, incompleto, um homem sem nome, um quase homem, e eu,

ele ainda sabe que sou seu nome, começa a chover, se as pesadas gotas de chuva sufocassem o débil pulso de calor, a mulher sem rosto não viria mais visitá-lo nos pesados sonhos dele, e o meu destino seria o dela, e o dele seria viver ausente de si mesmo, passear entre rostos alheios com olhos que lhe pregam estigmas, e o próprio rosto lhe seria estranho, velho, tomado de pelos torcidos, compridos e sujos, pele macilenta e sulcosa, lábios rachados, feridas e pus e cascas de feridas nos cantos da boca e do nariz, olhos pretos, apenas manchas escuras com um brilho fugidio de vida, e o próprio rosto lhe seria estranho, novo, como se nunca o tivesse visto, como se a cada dia fosse outro, porque eu ficara congelado em algum lugar, um deserto de frio, as imagens frias o espantam, o fazem tremer, ele quer distância das imagens frias e antigas do que ele foi, e assim seria só ele, velho pelos dias que são de todos, novo a cada um dos dias que eram só seus, os dias que passou só, longe da mulher sem rosto, ele sabe que um dia ela teve um rosto, eu me lembro de ser chamado por ela tantas e tantas vezes, a primeira vez, na última vez ela gritou, mas eu não cheguei aos ouvidos dele, e ele se esqueceu da última vez em que a ouviu chamá-lo, e era só dela que ouvia seu nome, quando parou de ouvir foi porque estava sozinho, tantos rostos em volta dele, mas não reconhecia em nenhum a mulher, e não ouvia seu nome, dissolvido no ar saturado pelo barulho de carros, ônibus e o grasnar de suas buzinas, de falantes altos com gargantas metálicas pendurados em colunas altas, espantando os transeuntes, determinando destinos, apressando pernas e malas, ele não era mais alto do que as pernas, e pelo farfalhar de conversas e risos e ventos, os ventos me levaram da boca dela para longe dele, os ventos são frios porque a levaram, levaram o calor que se fiava do prato de sopa quente e o cobertor de verdade,

e aos ventos daquele dia sucederam os ventos da noite, ele testemunhou numa noite a frieza de todos os ventos que o esperavam, seus dias e noites foram assim, ventos que levaram os dias num vagar e o levaram a vagar pelos dias, em ruas largas e estreitas, claras e escuras, de calçadas empretecidas, de marquises concretas pintadas de tetos abstratos, e na primeira noite em que uma marquise foi só para ele, achou-a grande demais, um teto imenso, como o chão que o olhar renteava, o chão era imenso, era infinito, os passos que não se encontrariam nunca mais, os passos sim são finitos e não andariam o suficiente para levar um ao outro ainda sobre aquele chão, talvez se encontrassem no céu sobre as marquises, cada marquise era um céu diferente, em noites diferentes não havia marquises, havia o céu de verdade e o banco de tábuas, ele esquecia os passos insuficientes e ficava acima do chão, acima dos ácidos cheiros excretos e dos restos que os outros cuspiam, sobras que os outros não engoliam e ele engolia, a cada noite faltava mais o que engolir, e o corpo se consumiu, as carnes chuparam a gordura, os ossos roeram as carnes, e o corpo encolheu, e encolhia mais no frio, ficando menor, para ser menor o pedaço de papelão amarelado necessário para cobri-lo, porque o papelão era calor, era importante, era o cobertor, não aquele cobertor que tinha a mulher sem rosto, aquele era macio e espesso e jorrava das mãos dela, o pedaço de papelão amarelado vinha do lixo, era fino e rijo, e ele temia, ele tremia, a cada gota que caía e ecoava em uma mancha negra no papelão, um trovoar ensurdecedor, e as manchas negras se propagaram e se juntaram até não existir nem um pedaço amarelado de papelão, nenhum pedaço de calor, e o papelão virou um todo negro, todo frio, ele se cobria de noite,

a noite sobre a pele, o corpo sobre o banco, o banco sobre a água que encobre a praça e reflete o escuro do céu, a água bebe os troncos das árvores, as bases dos postes, escorre por entre as tábuas do banco e o desperta, mais fria que o vento, e ele tinha menos calor dentro dele, a fumaça que espiralava do prato de sopa quente se congelou numa figura sombria, trincou e se partiu, e o prato de sopa se partiu, os estilhaços se espalharam, o papelão se desfez, o cobertor de verdade, a mulher sem rosto o segurava na mão, distante dele, e a luz nos olhos dela tremeluziu uma última vez ao sopro devorador do frio, os olhos se apagaram e se tornaram apenas manchas negras, as manchas negras do papelão, as manchas negras dos olhos da mulher sem rosto se uniram e envolveram a cabeça, não pararam de aumentar e banharam o pescoço, o torso, os braços, o cobertor, a memória verteu-se negra e fria, o frio se ramificou por seus neurônios, sinapses de raios negros espalhando a escuridão, e a noite agora o tomava por dentro, e vejo tudo escurecer e congelar ao meu redor, porque era o escuro e o frio que tinha em volta do corpo, diante dos olhos, dentro das tripas vazias, na massa que abruma o cérebro, eu tenho frio, eu tenho medo,

 eu tenho medo da água que o envolve e o arrasta para fora do banco, ele flutua no mar escuro, ele tem medo, ele tem frio, a água fria congela as veias, finas agulhas, uma dor aguda pesa nos braços, nas pernas, ele fica coberto de água, é só escuridão o que ele vê e sente e pensa, não, ainda não, porque ainda estou aqui, ele sabe, e num impulso põe a cabeça para fora da água e me procura, a água afundou as casas e os edifícios, ele olha em volta, mar revolto, ondas enormes que se encontram e se alimentam umas às outras, gigantescas montanhas líquidas, e as gotas de chuva perfuram as ondas negras em fugazes riscos prateados, vestígios frios de luz, então ele vê o banco bem perto e se deita de bruços sobre ele, um braço pendura-se para fora, ele toma um pouco de ar, o ar é calor, ele olha para o braço mergulhado na água, um espelho negro, e vê um rosto, novo rosto de um velho que se afoga, uma mão se agarra ao banco e a outra é estendida ao náufrago, quer puxá-lo para o banco, e o náufrago também lhe estende a mão e grita para que ele a segure, e as ondas se avultam e se aproximam ameaçadoras, o náufrago ainda está lá, e ele vê em seu rosto a face do frio, e treme, ele tem medo, os braços se tocam, mas o náufrago permanece na água, ele precisa erguê-lo, não pode soltar sua mão, o náufrago não sobe no banco, como se ninguém segurasse seu braço ou como se não tivesse forças para vencer a força do mar, eles se soltam as mãos, eu começo a cair, ele começa a cair, caímos em escuros opostos, para o fundo do mar e para a cúpula do céu, o mar congelou e me petrificou esquecido, ele ficou lá, o banco fixo no gelo negro e vasto, como antes fixo no chão da praça, e eu o vejo refratado, vitral de um louco, olhar congelado no esquecimento, sem nome.

A LOUCA SEM NOME
Tânia Maria Sales

*"What's in a name? That which we call a rose
By any other word would smell as sweet."*
(Shakespeare, Romeo and Juliet, Act II)

PARTE I

Tudo começou naquela tarde fria de julho, quando saí distraída do escritório após a reunião com Ricardo e a equipe de engenheiros e arquitetos de nossa empresa. Os negócios não andavam nada bem, todos estavam um pouco tensos. Falavam muito em números, gráficos, índices econômicos e tal. Já nem os escutava mais, me distraía observando aqueles rostos jovens e até bonitos, mas já petrificados, talhados pela indiferença do cotidiano. Senti pena deles e também de mim. Resolvi dar uma saída para espairecer o juízo. Tão distraída estava que nem percebi os homens sinistros que me seguiram até o local onde estacionara meu carro. A rua estava deserta, poucos carros parados por perto, não vi ninguém na calçada.

Foi quando me senti repentinamente agarrada por trás. Uma mão rude tapava a minha boca, a dura frieza de uma arma de fogo contra as minhas têmporas. Arrancaram a minha bolsa e as chaves do carro de minhas mãos, abriram a porta e me jogaram violentamente no carro. Eram três, usavam máscaras pretas. Um tomou a direção, o outro, mais baixo, sentou-se ao lado, enquanto eu fiquei entregue à insanidade violenta do bandido que estava no banco de trás. O carro arrancou em altíssima velocidade. O desgraçado dirigia enlouquecido como um demônio, avançando sinais e em ziguezague pelas ruas movimentadas do centro da cidade. Pareciam loucos, paravam em variados caixas eletrônicos à medida que encontravam meus cartões bancários, remexendo em minha bolsa.

Em completo estado de choque, eu assistia àquele espetáculo dantesco como se assistisse a um filme de terror, respondendo como um autômato às perguntas que me faziam sem cessar.

O bandido do meu lado rasgou a minha roupa com violência e se atirou sobre mim falando obscenidades, empesteando minhas narinas com seu hálito fedido de álcool e fumaça.

— Que inferno é este, meu Deus — os pensamentos se embaralhavam em minha mente confusa. Depois de rodarem bastante pela cidade, retirando o que puderam dos caixas eletrônicos utilizando meus cartões, seguiram pela autopista que levava à saída da cidade. Chegando a um local distante e ermo, pararam o carro, me fizeram descer, roupa em frangalhos, já muito machucada.

Me atiraram ao chão e começaram um revezamento de estupro, me violentando seguidamente, um após o outro. Parecia que aquele pesadelo não acabaria jamais.

Eu estava tão desesperada que já nem sentia dor, então, foi a primeira vez que aquilo aconteceu. Não sei como explicar, mas eu, literalmente, saí de mim. Parecia ter saído do meu corpo e fiquei lá em cima assistindo, estupefata, àqueles monstros drogados destruindo, violentando, machucando o que restava de humano em minha pessoa.

Quando perceberam que eu já não reagia a nada, me abandonaram lá e fugiram no meu carro, levando todos os meus pertences, bolsa, documentos, tudo.

Fiquei ali, exangue, abandonada, sem roupas, sem documentos, meio morta, durante horas, nem tenho ideia de quanto tempo. Até que alguns trabalhadores rurais, enxadas às costas, que se dirigiam para a roça de manhã cedo, escutaram meus gemidos e me encontraram.

O resto apenas imagino. Devem ter chamado a polícia, a família.

Fui levada para um hospital, onde permaneci por algum tempo até os médicos me darem alta.

PARTE II

Hoje estou aqui. Estou em casa. Mas na verdade devo confessar que não estou realmente aqui.

Quando saí do hospital, olhei para minhas mãos, eu não as sentia. As minhas mãos. Sentia que não eram minhas. O meu corpo não era meu. Aquelas cenas de terror que eu vivenciara continuavam a passar incessantemente em minha cabeça. De novo e de novo. E a realidade parecia estar se esvaindo lentamente de minhas mãos. Aquelas mãos que nem minhas eram. E que eu não parava de olhar, numa vã tentativa de encontrar algo real. Palpável.

Comecei a ter pensamentos sobre o que fazer da vida, de onde venho, para onde vou, e muitos, muitos porquês. Era como se eu não me encaixasse no meu próprio corpo, parecia uma experiência sobrenatural que não acabava nunca.

Como se eu não existisse, tentava a todo momento me apegar à realidade na ânsia de resgatar a vida que tinha poucos dias antes. Me sentia estranha em meu próprio corpo. Aos poucos, a vida mais e mais fugindo de mim, se esvaindo entre meus dedos, sensação de já não ter controle sobre nada.

Diria que um homenzinho entrou na minha cabeça, sentou-se na parte de trás do meu crânio e tomou conta dos controles, fazendo com que eu me tornasse espectadora de mim mesma.

A sensação é terrível. Ou melhor, a ausência de sensação.

O pior é saber de tudo que está acontecendo. Mas é como se não fosse comigo, é como um filme de suspense horrível que nunca vai acabar.

As imagens do acontecido me vêm à mente como capítulos cruéis. O mais cruel de todos foi quando, recobrando lentamente a consciência, no quarto de hospital, escutei uma enfermeira falando para o médico que me examinava:

— Ela não tem nenhum documento. Roubaram a identidade. Ela não tem nome.

Acordei ouvindo aquilo, que soou como uma sentença inexorável. Ela não tem nome.

Senti um vazio enorme em meu íntimo, como se a minha personalidade houvesse sido roubada.

Depois a família foi aparecendo. Um homem chamado Ricardo, se dizendo marido.

Um casal de velhinhos entristecidos se dizia meus pais. Chamavam-me de Elisa, todos eles. Mas não me sinto Elisa. Na verdade, não me sinto nada. Uma mulher perdida num mundo que parece sem vida, sem cor, artificial. Sou uma mulher sem identidade. Sem nome.

Sou uma mulher relativamente jovem, pareço bonita pelos olhares dos homens que encontro pela rua, o que também não me causa nenhuma reação.

Ricardo, o tal marido, parece ser um homem bom. Olhos doces, inutilmente tristes, ele me assiste enquanto tento, corajosamente, retomar a rotina de uma vida minimamente normal. Como um robô, devagarzinho, vou conseguindo encaixar em capítulos inteligíveis as imagens desfocadas da história da minha existência.

Um casal, Ricardo e Elisa, sem filhos. Ele, engenheiro civil. Ela, arquiteta. Sócios de uma grande empresa de construção, ambientação e projetos, com vários funcionários e um nome já reconhecido no mercado.

Optaram por não ter filhos; ele queria muito, mas ela não tinha o menor interesse na maternidade. Conheceram-se quando ambos estavam concluindo os estudos universitários. Apaixonaram-se perdidamente. Isso segundo ele, pois eu não consigo me imaginar perdidamente apaixonada por aquele homem de olhar tímido e com aquele tique nervoso de tremer constantemente as pernas. Para mim, é um perfeito estranho.

Ele me observa com um ar triste. Podemos até ter sido felizes em tempos mais esperançosos, penso. Mas enfim. Cá estamos, Elisa e

Ricardo. Elisa é como ele insiste em me chamar. Olho em seus olhos tentando construir um sentimento que não existe dentro de mim. Finjo rir para dar-lhe algum consolo, mas é só uma careta.

O que ressoa em minha cabeça é a frase da enfermeira: ela não tem nome.

Fico tentando resgatar a história de amor inútil de Elisa e Ricardo, o engenheiro e a arquiteta. Ele, jovem, cheio de sonhos. Ela, determinada, cheia de planos. Uniram-se. Projetos gloriosos, mas de vida curta. Ele, ingênuo, querendo construir. Ela, experiente, conhecedora de uma variada coleção masculina. Talvez mais de três. Ou menos de trinta e três. Quem poderá dizer.

A questão é o que fazer com tudo isso agora.

Porque a cada dia os sintomas pioram. Todos parecem estranhos, a vida parece um filme, é uma dormência emocional. Sinto uma necessidade visceral de isolamento. O único momento em que me sinto realmente feliz é quando todos dormem, não há ninguém nas ruas, nenhum barulho, e eu posso caminhar sozinha pela madrugada, como se no mundo não existisse mais ninguém.

Eu sei que deveria sentir pena desse homem chamado Ricardo, que me olha desanimado. E o que dizer dos dois pobres velhos, de olhos lacrimosos, que me abraçam trêmulos a cada despedida.

Mas eu não sinto nada. Não vou mentir. Fazer o quê? A vida é, para mim, como sonhar acordada. É tudo muito irreal. Como se eu olhasse a realidade através de uma cortina diáfana.

Não tem começo nem fim, só um nevoeiro inútil. As pessoas parecem ser de outro planeta, e eu... a sensação é de como se eu não existisse.

Eu não tenho nome, portanto não tenho rosto. Existo como uma sombra irreal.

Ontem algumas pessoas vieram me visitar, tentavam ser simpáticos, mas percebi que havia um receio em seus olhos. Será que pareço louca?

Acho que a maior dificuldade é em relação a esse nome que não reconheço, não me sinto nele.

Na verdade, não me sinto em lugar algum. É tudo tão aterrorizante, como se eu estivesse presa dentro de um saco plástico onde falta completamente o ar.

Tenho algumas memórias desse tal casal de velhos, desses supostos colegas de trabalho e até desse marido macambúzio que na noite de ontem tentou, timidamente, fazer sexo comigo.

Meu Deus, ele não deveria ter feito isso. Sinto que aquilo me fez piorar bastante. Pobre homem. Sei que não fez por mal. Mas não consigo suportar nenhum toque no meu corpo. É horrível.

Se eu pelo menos tivesse um nome no qual pudesse me reconhecer... Talvez conseguisse coletar algumas memórias, reconstruir capítulos da minha história nos quais houvesse algum sentimento, quem sabe.

Pela entrevista que tive hoje de manhã com meu psiquiatra, deduzi que meus sintomas aumentaram, estão ficando quase incontroláveis, pois agora já não consigo suportar nem luz, nem som. Qualquer barulho me deixa à beira de um ataque de nervos.

Pelo que eu entendi do palavreado médico, acho que decidiram me internar numa clínica de repouso, uma metáfora delicada para um sanatório de lunáticos, penso.

Apesar de considerar que deveria ser consultada sobre o destino que vão dar para minha vida, acolho com certo alívio tal decisão. Pelo menos no sanatório não terei que fingir ser alguém que não sou, fingir amor por pessoas para mim desconhecidas.

— O que você acha da decisão do Dr. Fernando, Elisa? — questiona Ricardo. E eu, apesar de não me sentir Elisa, volto para ele meus olhos vazios sem dizer uma palavra.

— Você não parece satisfeita com a ideia de ir para a clínica de repouso — ele insiste, me olhando nos olhos.

— Para mim, está bem — cruzo os braços, inexpressiva.

— Se você não concordar em ir, pode ficar em casa, nós cuidaremos de você. Mas, com certeza, na clínica, com um tratamento especializado, as chances de recuperação são bem maiores. Estamos muito preocupados com você.

— Já disse que para mim está bem. Podem providenciar minha internação na clínica.

PARTE III

Já faz algum tempo que estou internada na clínica de repouso. Talvez uns seis meses, pelo que escuto das conversas dos funcionários da enfermaria.

O lugar é agradável. Muito silencioso e acolhedor. Um grande jardim com árvores centenárias que sinto como se me abraçassem. É reconfortante para mim, a música dos passarinhos, o farfalhar das folhas das árvores, a solidão.

Sinto como se estivesse de alguma maneira renascendo. O único momento desagradável é a visita semanal dos familiares, quando eu supostamente deveria me enternecer com seu carinho e atenção, mas continuo sem sentir nada. Dentro do meu peito não há sentimento algum. Continuo enxergando aquelas pessoas como se fosse através de uma cortina de sonho, como se não existissem. Mas pelo menos já não sinto pânico no contato com eles.

Ontem Ricardo me falou que os bandidos que me atacaram foram presos semana passada. Perguntei-lhe sobre meus documentos, se tinham sido recuperados. Ele informou que apenas o RG, com a foto danificada e o nome rasurado. Somente o número do registro permanecia legível. Pedi-lhe que conseguisse o documento para mim. Ele me olhou surpreso, sem compreender direito, expliquei-lhe que era de extrema importância para mim resgatar o pequeno pedaço de papel.

— Mas só o número ainda está legível, não tem validade alguma.
— Não importa, eu preciso do número.

Embora demonstrando claramente que considerava aquele pedido mais uma das minhas maluquices, ele conseguiu recuperar o documento para mim. Estava bastante danificado, realmente. Sem foto, sem nome, mas o número permaneceu intacto. Guardo cuidadosamente aquele papel com o número 474583. Em torno desse número vou reconstruir a minha história.

Sei que não será um trabalho fácil. O documento em frangalhos é a imagem perfeita da minha alma despedaçada, sem face, sem nome. Mas agora eu possuo uma referência mínima, um ponto de onde posso partir para recomeçar.

Vou recolhendo pouco a pouco, em minha mente, os pequenos significativos instantes dos capítulos de minha vida. O momento presente está bem escuro e tenebroso, eu reconheço. Mas existem outros, certamente mais coloridos e felizes.

Lembro-me bem, na minha infância costumava brincar com minha mãe montando um enorme quebra-cabeça que se espalhava pelo chão da sala, formando as mais variadas figuras. Com os pequenos pedaços de papelão colorido, nós construíamos muitas e muitas cenas, uma imensidão de histórias. Eu adorava aquele jogo. Mas me perturbavam os pequenos pedaços de cor escura, preferia usar sempre os amarelos, vermelhos e verdes. Então eu os escondia, os marrons, cinzas e pretos; eu os escondia cuidadosamente debaixo dos tapetes, nas brechas dos sofás. E minha mãe os recolhia pacientemente quando ia fazer a faxina da casa.

Assim, quando nos sentávamos no chão para brincar, eu descobria, aborrecida, que as peças escuras estavam lá, de novo, me assombrando a vida.

Aos poucos fui percebendo que aqueles pedaços aparentemente sombrios e feios, quando arrumados ao lado dos outros, coloridos, formavam os contrastes necessários para construirmos paisagens maravilhosas. Então parei de ter medo deles, passei a usá-los nas brincadeiras, até com entusiasmo.

Hoje, olhando para esse número, 474583, tudo que resta de uma identidade perdida, na qual não existe rosto nem nome, penso na minha pessoa.

A "louca sem nome", como sou chamada pelos enfermeiros, agora tem um número com o qual pode se identificar, criar vínculos.

O número reluz, faiscante, em minha mente, como um pequeno ponto de alegria. Um pedaço de papelão colorido que vai dar algum sentido aos outros pedaços sombrios que neste momento dão o tom da minha vida.

Comentei com o psiquiatra de plantão sobre a importância que tinha aquele número para mim. Ele me olhou, perplexo.

— Mas uma mulher bonita como você não pode ser chamada por um número. Você merece um nome à sua altura.

Olhei-o com interesse, sua mirada cor de mel me atravessou inteira. Havia muito tempo não me sentia tão completamente olhada. Na verdade, aquele negro lindo já havia me chamado a atenção.

Ele sempre ficava nos plantões de domingo à noite, mas nunca imaginei que um homem tão jovem e tão charmoso pudesse se interessar pela minha triste figura. Mas seus olhos me diziam o contrário, ele parecia profundamente interessado em mim. Foi um *coup de foudre* o que aconteceu entre nós.

Eu, recém-saída de um deserto emocional, ávida de sensações, diante daquele homem lindo que me olhava como se me amasse desde sempre.

— Você tem um belo nome, Elisa. Por que não gosta de ser chamada assim?

— Não me reconheço nele, simples assim. O que você entende de nomes?

— Gosto de estudar a origem dos nomes. Eles são muito determinantes para o destino das pessoas, sabia? Seu nome, por exemplo, significa "Deus é salvação". É um belo nome, sem dúvida.

Olhei-o pensativa.

— Pode ser — respondi — Só não acredito ainda que possa me salvar. Esse abismo em que me encontro é tenebroso demais. Não sei se conseguirei sair dele.

— Sozinha talvez não. Mas quem sabe uma mão amiga não ajudaria? — Sua mão apertou a minha e eu senti aquele toque. Como nunca havia sentido antes. E desejei mais. Que ele me abraçasse, que me beijasse, que me jogasse na cama. Eu queria tudo naquele momento. Tomei consciência de que o meu ser inteiro estava de volta à vida.

Ele continuava me olhando dentro dos olhos.

E eu o olhava, maravilhada. Seu rosto jovem, a pele firme, brilhante. Um sorriso dos deuses e aqueles dentes brancos, de marfim.

Observei seu nome no bolso do jaleco branco, estava bordado em letras azuis: Dr. Tácio.

— E o seu nome, o que significa?

— Ah, meu nome é Tácio. Significa "O pai da criação".

Então suspirei profundamente. Fechei os olhos.

MEU NOME NÃO É CEMITÉRIO
Tibico Brasil

— Como é mesmo o nome do senhor? — perguntou a moça do caixa do café do *shopping,* já riscando o "T" com a caneta preta de ponta porosa no copo de plástico transparente.

— Tibico! — respondi, inocente.

— Tio o quê? Desculpe... Acho que eu ainda não entendi. Dá pra repetir só mais uma vez? É Tio...? — disse a moça, enquanto encostava o peito no balcão, mostrando interesse e a alça direita do sutiã cor da pele.

— Dá pra repetir, é claro! Tibico... tê-í-bê-í-cê-ó — fechei os olhos devagar, torcendo para não ter que usar o codinome "Eduardo", que tantas vezes me salvara desse tipo de situação torturante.

— Tibico, né? Engraçado, quer dizer, diferente o nome do senhor... Parece nome de passarinho! É o nome do senhor mesmo, é, seu Tibico? — Ela aproximou do meu rosto o copo de plástico transparente, torcendo para ter acertado a grafia, enquanto ajeitava a alça do sutiã.

Evito bares e cafés em que tenho que dizer meu nome para ser atendido. Prefiro senhas, daquelas que aparecem no *display* ou são gritadas. Fico muito mais relaxado como o anônimo careca portador da senha 0944.

— Não, não é o nome do senhor, é só o meu apelido. Mas pode acreditar, o verdadeiro nome é bem pior! — repeti a piadinha de sempre, com cara de bobo.

Meu pai, Alcino, não resistiu à tentação e batizou-me com o mesmo nome do seu avô, do trisavô, do tataravô, do pentavô, do hexavô e do heptavô.

Eu tinha 6 anos de idade, nem tinha estudado química para saber que "Alcino" é um hidrocarboneto com uma tripla ligação. E, sem nem perceber, chegara a hora de quebrar, de uma só vez, a molécula e a maldição cabalística dos Alcinos.

— Que nome eu coloco? Escolhe, está na hora!

Enfiando com dificuldade a linha amarela na agulha de costura grossa, minha vó Rita, mãe de meu pai, estava ansiosa para bordar o nome do neto na touca de pano verde da escolinha de natação do Clube Guanabara.

Vó Rita não ficou feliz. Pedi para ela bordar "Tibico" em vez do nome do marido e do filho. Eu não sabia que vó Rita recomendava a Ana Paola (que nome lindo tem a minha irmã) que evitasse me chamar pelo apelido de casa na frente dos colegas de raia da piscina.

Aquela touca bordada foi minha certidão de nascimento molhada. A primeira vez que orgulhosamente assumi meu codinome tribal. Tibico, uma corruptela do nome do personagem Tibicuera, imortal guerreiro tupinambá criado por Érico Veríssimo.

As aventuras de Tibicuera é um livro de história do Brasil para crianças escrito em 1937, uma obra menor da bela carreira do escritor gaúcho. É Tibicuera quem, em primeira pessoa, narra como recebeu seu nome de guerra:

"*Passaram-se luas. Uma tarde ia eu escanchado na cintura de minha mãe quando o pajé da nossa tribo nos fez parar na frente de sua oca. Olhou para mim. Viu que eu era magro, feio e tristonho. O pajé era um homem muito engraçado. Fazia troça de toda a gente e de todas as coisas. Examinou-me, da cabeça aos pés, sorriu e disse: 'Tibicuera'. O nome pegou. Toda a gente ficou me chamando Tibicuera. Tibicuera na nossa língua queria dizer cemitério. O nome sentava bem. Eu era calado e triste.*"

Sua mãe índia não deixou a piada do pajé se transformar em realidade. Alimentava e cuidava de Tibicuera com atenção especial. Ainda curumim, Tibicuera estava na beira da praia quando Cabral desembarcou em Porto Seguro. Ele cresceu e virou cacique, acompanhando o vai e vem dos primeiros homens brancos. Tibicuera casou e teve um filho que reencarnou o espírito e o nome de guerra do pai, Tibicuera. E foi assim que, em quatrocentos anos de existência, Tibicuera estava sempre no centro de momentos decisivos do Brasil. Como um narrador privilegiado, conviveu com os colonizadores, os jesuítas, os revolucionários... Assim, o livro conta a história de uma nação em formação, narrada pelo ingênuo e onipresente Tibicuera.

Nos primeiros anos de vida, estive quase sempre doente. Muitas gripes, sarampo, diarreias variadas e um tal de citomegalovírus, que fez minha mãe perder dias em consultas e noites em orações. Numa dessas noites de agonia, esperando a febre baixar, meu pai leu o livrinho do Érico Veríssimo para a Ana Paola, que gostou da comparação e, talvez até para implicar comigo, passou a me chamar de Tibicuera, que, depois, com o tempo, virou Tibico.

Tantas vezes li aquele livro que me apaixonei por história do Brasil e por qualquer história que envolvesse índios. Muitas luas se passaram até que, aos 14 anos, vivi mais uma etapa de minha iniciação. Passei em um concurso público e comecei a trabalhar como aprendiz em um banco estatal.

— Diga aí qual é o nome que você quer usar no seu crachá — cobrou, logo no primeiro dia, a simpática senhora do Departamento de Pessoal.

— Tibico! — respondi, pendurando o crachá eternamente na pia batismal corporativa.

Já naquela época era permitido que os bancários abandonassem os sobrenomes de família, como Tavares, Maia ou Souza, e passassem a se identificar por apelidos como Chicão, Bill ou Toinha. Tanto que a colega fez só um muxoxo, ajeitou a fita que tinha enrolado e batucou com destreza as seis letras na máquina de escrever Remington:

— Esse vai pegar, Tibico! Parece nome de doença de pele...

A coleção de crachás já estava grande quando decidi incorporar o sobrenome Brasil, para colocar nos créditos e nas legendas das primeiras fotografias publicadas.

E, assim, segui pela vida com uma dupla identidade. O Tibico fazia arte enquanto o Alcino pagava a conta do cartão de crédito. Tibico tem seguidores e perfis nas redes sociais, mas quem tem CPF e preenche o formulário completo do imposto de renda é o Alcino.

Até hoje muita gente próxima nem sabe que Tibico é apelido e ainda me pede para explicar a origem do nome. Lembro de uma prima distante e teimosa que só se convenceu de que Tibico não era meu nome quando apelei para o antigo RG, ainda com cabelo e usando gravata na foto 3 x 4.

Casei-me aos 27 anos de idade. Que eu saiba, ninguém se incomodou ao ver o meu T enlaçado ao A no enorme convite de casamento. Pouco tempo depois, passaria pela última provação. Rezava a lenda que o primeiro neto Alcino herdaria todas as terras da família. Como estava em jogo a posse da fazenda Rocambole, uma faixa de terra de 30 metros por 5 quilômetros no esturricado sertão central de Quixeramobim, a decisão não foi difícil de tomar. Ainda fiz a gentileza de perguntar ao meu pai se ele ficaria magoado se não colocasse naquele menino forte o nome de Alcino.

Lá da parede, o velho Alcino Montenegro, meu avô, acompanhava tudo com uma cara sisuda. Mas o pai riu, lembrou também de como sofrera com o nome esquisito e consentiu que a maldição fosse, definitivamente, interrompida.

Pedro colocou uma pedra nessa história e uma lápide sobre o túmulo da dinastia dos Alcinos e também dos improváveis Tibicos.